破天魔

파천마

FANTASTIC ORIENTAL HEROES

류진 新무협 판타지 소설

파천마 8

류진 新무협 판타지 소설

초판 1쇄 찍은 날 § 2013년 2월 28일
초판 1쇄 펴낸 날 § 2013년 3월 5일

지은이 § 류진
펴낸이 § 서경석

편집부장 § 권태완
편집책임 § 박우진
디자인 § 이혜정

펴낸곳 § 도서출판 청어람
등록번호 § 제1081-1-89호
등록일자 § 1999. 5. 31
어람번호 § 제2-2313호

주소 § 경기도 부천시 원미구 심곡2동 163-2 서경B/D 3F (우) 420—822
전화 § 032-656-4452 팩스 § 032-656-4453
http://www.chungeoram.com
E-mail § chungeorambook@daum.net

ⓒ 류진, 2012

ISBN 978-89-251-3200-6 04810
ISBN 978-89-251-2934-1 (세트)

FANTASTIC ORIENTAL HEROES

류진 新무협 판타지 소설

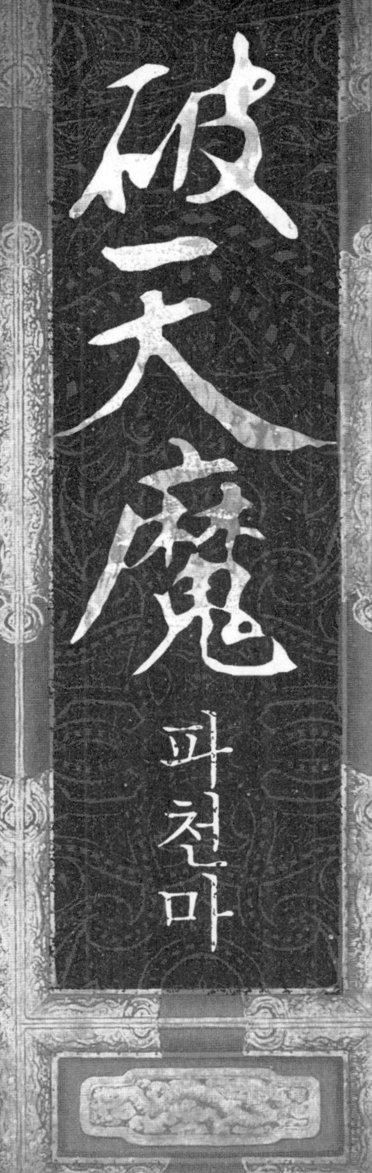

8

[완결]

第五十七章 회귀(回歸)

破

破天魔
파천마

마수령의 말에 황세은은 고개를 끄덕였다.

"알아. 하지만 모험을 해보겠어."

곁에서 보고 있던 백가연이 조심스럽게 끼어들었다.

"두 분이서 무슨 얘기를 하시는 거예요?"

마수령은 그저 한숨을 쉬며 황세은을 보았다. 마수령이 애기를 꺼내기 어려운 만큼 황세은 또한 말을 하기가 쉽지 않았다.

"뭔데 그렇게 뜸을 들여요?"

화문진까지 나서서 대답을 종용했다.

딸그락, 딸그락…….

마수령은 스스로 바퀴를 굴려 그들에게서 멀어졌다.

황세은의 결정이 못내 마음에 들지 않는 모양이다.

"정말 우리한테는 말하지 않을 거예요?"

눈썹을 곤두세운 백가연은 정말 화가 난 것 같았다.

문득 황세은은 이들을 찾아오지 말았어야 했다는 생각이 들었다.

지금 그가 선택해야 하는 길은 한 치 앞도 보이지 않는 혼돈의 길이다.

그의 선택이 어떤 결과로 이어질지 아무도 알 수 없었다.

하지만 분명한 건 잘못될 확률이 훨씬 높다는 것이다.

그가 돌아왔다는 기쁨을 주고 다시 아픔을 안기는 건 잔인한 일이다.

마수령의 안위가 궁금해서 다른 모든 생각을 떨치고 여기까지 왔다.

그리고 이제 다시 떠나야 한다.

"시산혈륜을 사용하려고."

딸그락거리던 마수령의 바퀴의자가 멈췄다. 생각은 하고 있었지만 목소리로 듣는 건 또 다른 충격이었다.

"네? 황궁에서 가져왔다가 산에 묻어버린 그 시산혈륜을요?"

백가연의 비명 같은 물음 뒤로 화문진의 음성이 따라붙었
다.

"대체 그 마물로 뭘 하려고요? 마물의 노예가 되어서 도패
군을 이길 생각인가요?"

"처음 내 안의 마기를 일깨운 것이 시산혈륜이야. 역천금
강수 다섯을 맨손으로 찢어 죽일 정도로 강한 그 마기를. 도
패군을 이기기 위해서는 그 마기가 절대적으로 필요해."

"설사 그렇게 해서 도패군을 죽인다 한들 남는 게 뭐란 말
이냐?"

세 사람은 목청을 높인 마수령을 봤다. 시골 노인처럼 변해
버린 마수령은 금방이라도 울음을 터뜨릴 것 같은 표정이었
다.

"어떻게 될지는 아직 모르겠어. 하지만 내 안의 마기는 모
두 알다시피 파천마야. 무림 역사상 도패군과 대등한, 어쩌면
도패군을 뛰어넘는 마인이지."

"맞다. 그런 마인을 스스로 깨운다는 건 세상에 돌이킬 수
없는 화를 불러오는 것이다. 거기에 시산혈륜의 마기에 휩싸
여 한줌 이성도 없다면, 네가 가는 곳마다 그야말로 시산혈해
를 이룰 것이야."

황세은은 단호하게 고개를 저었다.

"난 그렇게 생각하지 않아. 내 안에 있는 건 파천마야. 무

림 역사상 가장 강한 마인. 그런 자가 한낱 물건의 지배를 받을 거라고는 믿지 않아."

"그럼 넌 파천마의 이성을 믿는단 말이냐? 하! 지나가던 개가 웃겠구나. 설사 파천마가 예전의 그 자신으로 온전히 돌아온다고 해도 세상의 재앙인 것은 마찬가지다."

"하지만 도패군보다는 낫잖아. 도패군은 마교천하를 이루기 위해 세상을 온통 전쟁터로 만들고 있는데."

황세은이 잠깐 말을 멈춘 그 사이를 백가연이 끼어들었다.

"두 분 지금 무슨 말씀을 하시는 거예요? 황 공자님 안에 파천마가 들어 있다니요?"

황세은과 마수령 모두 황세은 안에 깃든 마기가 파천마라는 걸 얘기하지 않았다.

소문이 날 리는 없겠지만 아는 사람이 적을수록 좋았고 백가연과 화문진에게 괜한 걱정을 끼치기가 싫어서였다.

마수령이 고개를 휙 돌려 버려서 설명은 황세은의 몫이 되었다.

"나도 자세한 내막은 몰라."

그렇게 시작한 얘기는 짧게 끝났다. 유환과 그의 안에 있던 마기가 했던 얘기를 들었을 뿐이니 길게 설명할 것도 없었다.

얘기를 다 듣고도 두 여인은 여전히 어리둥절한 표정이었다.

“그게 다예요?”

“응.”

“짐작 가는 바도 없고요?”

“내 열 살 이전의 기억이 없으니, 무슨 일인가 일어났다면 그때겠지.”

하지만 그것 가지고는 어떤 유추도 할 수 없었다.

백가연이 물었다.

“황 공자님은 시산혈류이 안에 잠재해 있는 파천마를 완전히 드러나게 할 거라고 생각하시는 거예요?”

“깨어날 거야. 반드시.”

“만약 황 공자님이 파천마가 되어버리면… 어떻게 되는 거죠?”

“모르지.”

무책임한 말이었지만 가장 솔직한 대답이기도 했다.

화문진이 버럭 소리를 질렀다.

“그만둬요! 시산혈류 같은 건 잊어버리라고요!”

“이게 도패군을 이길 수 있는 유일한 길이야.”

“그깟 도패군 무림재패해서 잘 먹고 잘 살라고 해요! 우린 우리대로 조용히 살면 되잖아요! 저 아직 돈 많아요! 우리 모두 평생 먹고 살 만큼 있으니 어디 산골이나 아니면 아예 서역으로 가서 살면 되잖아요! 언니, 어때요? 우리끼리 행복하게 오순도순 사는 거예요.”

백가연은 선뜻 동의하지 않았다. 화문진의 말은 철없는 아이의 투정과 같았기 때문이다.

물론 현명한 화문진이 그걸 모를 리 없었다.

그녀는 황세은이 파천마로 변해서 원래의 황세은은 사라져 버릴까 두려운 것이다.

당연하다. 황세은을 포함한 여기 있는 모두가 가지고 있는 두려움이니까.

그럼에도 황세은은 그 길을 택할 수밖에 없었다.

“도패군을 막는 일은 내가 해야 할 일이고 할 수밖에 없는 운명이야. 그것이 설령 나를 잃는 것이라고 해도 난 그 길을 갈 수밖에 없어. 미안해.”

“나도 함께 간다.”

갑작스러운 마수령의 말에 백가연과 화문진은 깜짝 놀랐다.

“황 공자님이 시산혈류을 취하는 걸 찬성하신다는 건가요?”

화문진의 물음에 마수령은 한숨처럼 대답했다.

“지금 도패군을 막을 수 있는 사람은 세은이뿐이다.”

“하지만 굳이 그걸 해야 할 의무는 없잖아요.”

“의무는 없지만 세은이 말대로 그보다 무거운 운명이라고 해야겠지.”

황세은이 걱정스러운 말투로 말했다.

“정말 나와 함께 가려고?”

“만약 네가 사라지고 파천마가 나타난다면 내가 그 자리에 있어야지.”

“그래서 어쩌려고?”

마수령이 쓴웃음을 지었다.

“이 몸으로 내가 뭘 어쩌겠느냐? 다만 내 눈으로 보고 싶은 것이다. 내 필생의 적 파천마를.”

*   *   *

백천산이다.

시간이 제법 지났지만 황세은은 시산혈륜을 묻은 장소를 정확히 기억하고 있었다.

맑은 연못이 많은 백천산은 그래서 여름에도 서늘한 기운을 뿜어냈다.

백천산 중턱쯤에 가면 유난히 바위가 많은 장소가 나온다.

마수령을 업은 황세은은 바위들이 백 가지 짐승을 닮아서 백수암총(百獸巖塚)이라고 불리는 그곳에서 걸음을 멈췄다.

“여기냐?”

"응."

황세은은 호랑이가 앞발을 들고 있는 형상의 바위 앞에 섰다.

멀리서 날아온 낙엽이 바위 주변에 다소곳이 자리해 있었다.

황세은은 호랑이의 다리 아래쪽 흙을 팠다. 두 자 정도 파 내려가자 황세은의 손길이 조심스러워졌다.

나타날 때가 되었다.

그 흔한 천으로 싸지도 않았다. 그냥 땅에 툭 던져 놓고 흙으로 덮었을 뿐이다.

조심스럽게 흙을 걷어내는 손에 딱딱한 감촉이 느껴졌다.

손을 한 번 더 움직이자 금속 특유의 느낌이 전해졌다.

순간 머리에서 발끝까지 짜릿한 느낌이 스치고 지나갔다.

황급히 손을 뗀 황세은은 심호흡을 하고 흙을 완전히 걷어 냈다.

손바닥이 시산혈륜을 스칠 때마다 심장이 가슴을 뚫고 나올 것처럼 두근거렸다.

마기를 너무 의식한 나머지 그런 것일 수도 있었다.

황세은은 시산혈륜을 천천히 들어 올렸다. 마음을 가라앉히려고 해도 심장은 여전히 비정상적으로 빨리 뛰었다.

"어떠냐?"

바위에 앉은 마수령이 물었다.

"모르겠어. 뭔가 이상하기는 해."

"지금이라도 늦지 않았다."

황세은은 손에 든 시산혈륜을 물끄러미 내려다보았다.

공력을 일으켜 파천마가 튀어나오면 십중팔구 본래의 황세은은 사라질 것이다.

지금의 마기와 자리가 바뀌어 내면 깊숙한 어딘가로 떨어져서 죽을 때까지 어둠의 일부가 되어 외로읙해야 할지도 모른다.

아니면 그냥 사라져 버리든가.

황세은은 시산혈륜을 준비해 온 보자기에 넣었다.

"꺼낸 이상 이미 늦었어."

황세은은 마수령을 업었다. 원래는 이곳에서 시산혈륜을 잡고 바로 공력을 일으키려고 했지만 그가 단약 파천마로 변해 버리면 마수령이 곤란한 처지에 놓이게 된다.

설사 파천마가 해치지 않더라도 양쪽 다리가 없는 마수령이니 덜렁 이곳에 남겨지게 되는 것이다.

그리고 백가연과 화문진도 기다리고 있었다.

그녀들 또한 황세은이 시산혈륜을 이용해 마기를 불러낼 때 봐야 한다고 고집을 피웠다.

어쩌면 황세은의 마지막 모습이 될지도 모르니 꼭 자리에 있어야 하고 그만한 권리가 있다고 했다.

그녀들의 마음을 십분 이해했기에 황세은은 동행을 허락할 수밖에 없었다.

다만 네 명이서 몰려다니면 다른 사람들의 눈에 띌 수도 있기 때문에 객잔에서 기다리고 있었다.

등에 업힌 마수령이 입을 열었다.

"나 너 원망하는 거 없다."

"응?"

"세은이 너에 대한 원망은 없다고."

황세은은 멈칫거린 후 다시 걸음을 옮겼다. 어찌 원망이 없을 수가 있단 말인가?

마수령은 황세은으로 인해 동문수학하던 평생의 친구와 두 다리를 잃었다.

황세은이 아니었다면 일어나지 않았을 일이다.

그러니 원망 한다고 이상할 게 없었고 어쩌면 그게 당연했다.

"영감한테는 정말 미안해."

아마 황세은이 세상에서 가장, 그리고 유일하게 미안해하는 사람일 것이다.

황세은의 목을 껴안은 마수령의 팔에 힘이 들어갔다.

"이거 봐라. 난 아직 네 목을 졸라 죽일 수 있는 힘이 있다."

하지만 죽일 정도는 고사하고 숨조차 막히게 하지 못했다.

"널 만나지 않았다면 어차피 그 산 속에서 주화입마로 인해 죽었을 목숨이다. 네 덕분에 덤으로 살고 있는 거지."

"영감도 내 목숨 많이 살려줬잖아."

"그럼 우리 서로 빚 진 거 없는 걸로 하자."

황세은은 억지로 고개를 끄덕였다. 그토록 괴팍하던 늙은 이가 지금은 이렇게 황세은을 생각하는 자상한 할아버지처럼 변했다.

그것이 약해져 버린 때문인 것 같아 못내 마음이 아팠다.

화림서원(和林書院)은 화문진이 마련해 놓은 근거지였다.

가끔 드나드는 유생들은 모두 상은전장의 사람들이었다.

네 사람은 화림서원의 후원에 있는 건물에 모였다.

황세은이 탁자에 시산혈륜을 담은 보자기를 올려놓자 모두의 안색이 돌처럼 굳었다.

다들 황세은과 시산혈륜만 번갈아볼 뿐 입을 열지 못했다.

"난 솔직히 이곳에서 시산혈륜을 이용하는 게 마음에 들지 않아."

화문진이 말했다.

"그 얘기는 이미 끝났잖아요."

"하지만 만약 내가 파천마로 변해 버리면 여기 있는 모두가 위험해질 수도 있어. 아니, 틀림없이 그렇게 되겠지."

백가연이 차분한 음성으로 대꾸했다.

"그래서예요. 어쩌면 오늘이 마지막일지도 모르잖아요."

황세은은 뭔가 울컥 치밀어 올라서 굵은 침을 삼켰다.

단지 그의 마지막 모습을 지켜보기 위해 목숨이 걸린 위험을 감수하고 있었다.

저들에게 그는 그토록 소중한 존재였었다. 그런데 황세은은 그들에게 해줄 것이 아무것도 없었다.

백가연이 아랫입술을 꼭 깨물고 있는 황세은의 얼굴을 더듬었다.

이젠 맨살보다 하얀 흉터가 차지하는 부분이 더 많아진, 그래서 예전의 영준했던 모습은 찾아볼 수 없는 그런 얼굴.

그럼에도 황세은을 보는 그녀의 눈길은 홍학루의 지붕에서 술을 마시던 그때와 다르지 않았다.

뭔가 말을 하려고 입술을 달싹이던 그녀는, 잠시 그렇게 황세은을 올려다보다가 고개만 끄덕이고 물러났다.

잘될 거라는 표정이었지만 단지 희망일 뿐이라는 건 여기 있는 모두가 알고 있었다.

"시산혈륜을 이용하는 거… 내일로 미루면 안 될까요? 안 되겠죠?"

말을 한 화문진은 장난스럽게 혀를 빼 물었다.

모두 이 상황을 너무 심각하게 받아들이지 않고 긍정적으로 생각하려 애쓰고 있었다.

물론 황세은도 그러고 싶었지만 마음이 자꾸 쇳덩이처럼 무거워졌다.

"이왕 하는 거 빨리 하자."

마수령의 말에 황세은은 보자기 안에서 시산혈륜을 꺼냈다.

손을 대는 것만으로 심장이 요동을 쳤다.

"밖으로 나가는 게 좋겠어."

무슨 일이 일어나도 방 안보다는 밖이 나을 것 같았다.

모두 말없이 황세은을 따랐다. 손에 든 시산혈륜이 만근이나 되는 것처럼 무겁게 느껴졌다.

황세은은 양손에 시산혈륜을 들고 세 명을 각각 응시했다.

그의 시선이 머물 때마다 어떤 이는 미소를 머금었고 또 어떤 이는 울음을 참는 표정이었으며 고개를 끄덕이기도 했다.

다들 표정은 달랐지만 간절함은 한결같았다.

모두 한마음이니 잘될 것이다. 황세은은 그렇게 믿었다.

큰 호흡으로 마음을 가다듬은 황세은은 공력을 끌어올렸다.

서서히 운용하려고 했다. 그래서 조심스러웠는데 공력의 기운이 느껴지자 시산혈륜에서 격렬한 반응이 일어났다.

화들짝 놀라 공력을 거두려고 했지만 이미 시산혈륜에 공명해 버린 공력은 황세은의 뜻대로 제어가 되지 않았다.

제방을 무너뜨린 성난 물결처럼 공력은 그렇게 황세은의 전신을 휘감았다.

진기의 미친 듯한 질주 속에서 황세은은 시산혈류가 자신과 한 몸이 되는 것 같은 기분을 느꼈다.

팔이나 다리처럼 그렇게 신체의 일부분이 되는 그런 느낌이었다.

우우웅—!

진기에 공명한 시산혈류가 바람 맞은 문풍지마냥 떨리기 시작했다.

그런데 정작 황세은은 신체의 움직임을 감지하지 못했다.

대신 내면에서 알 수 없는 변화가 일었다.

분명 눈은 뜨고 있는데 시야가 갑자기 바뀌었다.

웅장하게 지어진 건물이 보이는가 하면, 생전 처음 보는 산야가 나타나고 깜짝 놀랄 만큼 많은 시체가 널려 있기도 했다.

그것은 마치 지난 기억이 머릿속이 아니라 눈앞에 생생하게 펼쳐지는 것 같았다.

그리고 가끔은 눈앞이 캄캄해지는 게 잠깐 졸았다가 화들짝 깰 때의 그런 느낌을 받았다.

뭔지 모르지만 시산혈류은 황세은을 미지의 변화로 이끌

고 있었다.

"으으으… 후후후… 크윽! 큭큭큭!"

황세은은 신음을 터뜨렸다가 웃었다가 낮은 비명을 지르는 등 시종 알 수 없는 행동을 이어갔다.

그러면서도 학질 걸린 사람처럼 계속해서 부들부들 떨어댔다.

마수령의 예상에 없던 변화였다.

그냥 황세은으로 남든지 단숨에 파천마로 변할 줄 알았는데, 저건 그야말로 미친놈의 행태 그대로였다.

그렇다고 달리 어찌할 방도도 없었다.

함부로 손을 댔다가 잘못되기라도 하면 천추의 한을 남기게 될 것이다.

"괘, 괜찮을까요?"

불안한 목소리로 묻는 화문진의 질문에 누구도 대답하지 못했다.

"멀리 떨어져 있어라."

백가연과 화문진은 뒤로 주춤주춤 물러섰다.

눈동자는 위로 올라가 흰자위만 보이고 전신을 부들부들 떠는 황세은은, 아무리 가까운 사람이라도 무섭게 보였다.

그러던 황세은의 움직임이 갑자기 멎었다. 어깨와 고개를 늘어뜨린 황세은은 선 채로 미동도 하지 않았다.

잠시 기다린 마수령이 황세은을 불렀다.

"세은아, 세은아… 괜찮……."

황세은이 고개를 번쩍 들었다. 눈동자도 없는 황세은의 눈은 온통 붉은색으로 덮여 있었다.

"젠장!"

천상 마기가 썬 모습이었다.

"으아아아—!"

고개를 위로 쳐든 황세은이 고함을 질렀다. 인간의 입에서 나온다고 믿기 힘들 정도로 높은 고음이었다.

주변에 있던 세 사람은 황급히 귀를 막았다. 그럼에도 황세은의 고함에 고막이 찢어질 것 같았다.

긴 고함을 지른 황세은이 땅을 박찼다. 너무도 갑작스러운 행동이어서 아무도 황세은을 막지 못했다.

허공으로 십 장이나 뛰어오른 황세은은 담을 넘어 사라졌다.

쾅!

밖에서 울린 굉음은 땅에 떨어지며 누군가의 집을 박살 내는 소리였다.

그런 소리가 한참을 이어지더니 이내 흔적조차 없이 사라져 버렸다.

"세은아! 세은아!"

"황 공자님!"

그들이 아무리 불러도 황세은은 다시 모습을 드러내지 않았다.

파천마가 되었는지, 아니면 이전에 시산혈륜을 얻었던 자들이 그러했듯 피에 미친 살귀가 되었는지 알 수 없었다.

한 가지 확실한 건 온전한 황세은은 아니라는 것이다.

다시는 황세은을 볼 수 없을지도 모른다.

어쩌면 영원히…….

＊　　　＊　　　＊

콰앙!

황세은의 발에 밟힌 바위가 산산조각으로 깨져 비산했다.

다시 도약하려던 것처럼 살짝 구부려졌던 무릎이 움찔하더니 그대로 땅바닥에 털썩 닿았다.

무릎을 꿇은 황세은은 양손으로 머리를 움켜쥐고 낮은 신음을 토해냈다.

뱃속 깊숙한 곳에서 끄집어내는 듯한 신음은 한참 동안이나 이어졌다.

고통스러운 것 같기도 하고 괴로움을 토로하는 것 같기도 한 그런 신음이었다.

일각 넘게 그 상태로 무릎을 꿇고 있던 황세은이 고개를 들었다.

그런데 그의 볼은 물빛으로 반짝이고 있었다.

끈끈하게 느껴지는 눈물은 그의 얼굴 가득한 흉터를 타고 턱으로 뚝뚝 떨어졌다.

"흐흐흐흐……."

웃음인데 웃음이 아니었다. 울어도 풀리지 않기에 가슴속의 것을 토해내기 위해서 나오는 그런 웃음이었다.

그리고 실제로 이 상황이 우습기도 했다.

"어쩌다가 이런 일이… 어쩌다가……."

황세은의 중얼거림은 비단 황세은것만은 아니었다.

그는 황세은이면서 또한 파천마 천무백이었다.

시산혈류의 마기는 황세은 안에 잠자고 있던 천무백을 끌어올렸으면서 황세은의 본성을 잠재우지는 못했다.

그래서 극악한 마인이었던 천무백은 황세은의 기억과 그가 가지고 있던 양심도 함께 지니게 되어버렸다.

예전 양심을 가지게 되어 느꼈던 그 괴로움을 고스란히 다시 품어버린 것이다.

파천마로서 저지른 악행은 그의 눈에서 눈물을 뽑았고 전신을 덜덜 떨리게 만드는 회한으로 천무백을 괴롭혔다.

여전히 자신의 심장을 뽑고 싶을 만큼 괴로웠지만, 그래도 지금 천무백을 견딜 수 있게 해주는 건 황세은이라는 존재 때문이었다.

십 년 남짓 살아온 황세은의 기억이 천무백의 죄책감을 조금은 희석시켜 주었다.

천무백은 억지로 무릎을 펴 똑바로 일어섰다.

이제 죽고 싶어도 찾아갈 친구가 없다. 아니, 이젠 죽고 싶으면 죽을 수 있을 것이다.

지금 그의 육체는 예전의 파천마처럼 극강의 존재는 아니었다.

환골탈태를 했으나 파천마의 무공을 익히지 않아 그때보다는 약했다.

그러니 마음만 먹으면 얼마든지 죽을 수 있었다.

천무백은 고개를 들어 하늘을 봤다.

시리도록 파란 하늘을 배경으로 양떼구름 한 무리가 천천히 흘러가고 있었다.

그의 등장으로 잠시 멈췄던 벌레들의 울음도 다시 들렸고 산들바람은 뺨에 흐른 눈물을 말려주었다.

평화로운 세상이다.

황인하를 찾아갔을 때의 그 죄책감이 밀려들었지만 그 맞은편에서는 황세은으로 살아오면서 가졌던 책임감이 고개를 들었다.

이 세상을, 지금의 이 평화를 지켜야 한다.

황세은이 황인하로부터 이어받은 의무 같은 것이다.

천무백이 아닌 황세은으로 살아오면서 갖게 된 선한 마음이다.

삼백 년 만에 등장한 마교는 파천마로 살면서 저지른 악행을 만회할 기회였다.

이것이 단순히 살고 싶은 동물의 본능적인 욕구라 해도 상관없었다.

땅에 떨어진 시산혈륜을 잡으려던 천무백은 동작을 멈췄다.

문득 자신은 누구인가 하는 생각이 들어서다.

물론 파천마 천무백으로서의 자아가 훨씬 강했다.

원래의 그였고 살아온 날도 오래되니 당연했다.

하지만 황세은의 삶을 무시할 수 없었다. 천무백이 자살을 생각하지 않고 살아갈 결심을 할 수 있는 건 오롯이 황세은의 삶이 있기에 가능하다.

그리고 지금 그가 가장 마음을 쓰는 사람 모두가 황세은의 삶 속에서 얻어진 인연이다.

마수령과 백가연, 화문진, 혜현 선자…….

그들 때문에라도 황세은을 버릴 수가 없었다.

그러나 그들에게 황세은인 척 행세하는 건 안 될 노릇이다.

그들을 기만하는 건 천무백의 인격에나 어울리는 짓이다.

지금 있는 그대로의 모습을 보여야 하는데 그들이 어떻게 받아들일지 걱정스러웠다.

황세은이 아닌 파천마와는 상종조차 하지 않겠다고 외면할지도 모른다.

설사 그렇다고 해도 그가 감내해야 할 형벌이다.

천무백은 시산혈륜을 들고 일어섰다. 시산혈륜의 마기는 더 이상 그에게 아무 영향도 미치지 못했다.

그것은 단지 잘 벼려진 무기였다. 당장 칼 한 자루도 없으니 시산혈륜은 괜찮은 병기였다.

천무백이 가진 무공 중에는 륜으로 펼치는 것도 있었다.

이름난 무공은 두루 섭렵했고 천무백이 익힌 것이니 당연히 고강한 무공이었다.

파천마로 불린 이후 굳이 무기를 사용할 만큼 강한 적을 만나지 않아서 괜찮은 무기의 필요성도 느끼지 못했다.

하지만 이젠 예전 같지 않을 뿐더러, 설사 예전의 파천마만큼 강해진다 하더라도 도패군은 무시할 수 없는 고수다.

"당분간은 이걸 사용해야겠군."

그렇게 마음먹으니 휴대하기가 불편하다는 데 생각이 미쳤다.

따로 가죽 띠 같은 걸 만들어 등에 짊어지고 다니는 게 가장 무난할 것 같았다.

그 길로 산을 내려간 황세은은 가죽 띠를 사서 직접 륜갑을 만들었다.

지름이 한 자 네 치인 시산혈륜은 등에 짊어지기 딱 좋은 크기였다.

가죽을 파는 상인에게 그곳 지명을 물으니 황지현(黃地縣)이라고 알려주었다.

'멀리도 왔군.'

설호장까지 가려면 족히 이백 리는 달려야 했다.

마수령 등이 그를 다시 만나면 어떻게 대할지 걱정스러웠다.

그러다 피식 웃음을 터뜨렸다.

천하의 파천마 천무백이 다른 사람과의 관계를 걱정하다니.

황세은의 그림자가 생각보다 짙게 드리우고 있었다.

마을을 벗어난 천무백은 경공을 펼쳤다. 황세은이 그동안 쌓은 내공은 그래도 쓸 만해서 꽤나 빠른 속도를 냈다.

과거 황세은이 전력으로 펼치는 것과는 비교도 할 수 없는 속도였다.

가진 공력과 육체는 변하지 않았지만 무공이 달랐다.

같은 망치라도 초보자와 능숙한 목수가 사용하면 달라지
는데 하물며 인간의 육체야 더 말할 나위가 없었다.

천무백은 반 시진이 지나지 않아 설호장에 닿을 수 있었다.

마차가 다닐 수 있는 대로에 선 천무백은 설호장 맞은편에
서서 선뜻 걸음을 옮기지 못했다.

차라리 이대로 사라지는 게 좋을 것도 같았다.

원래의 파천마로 돌아가 모든 일을 해결한 후 저들 앞에 나
타나는 게 나을지도 모른다.

그런 생각을 하는 건 두려움 때문이다. 행여 여기서 마수령
등과의 인연이 끊어질까 봐, 그 인연의 끈을 조금 더 유지하
고 싶은 마음, 그것이었다.

한참 동안 설호장을 보던 천무백은 큰 숨을 들이쉰 후 걸음
을 내딛었다.

그의 가슴은 쭉 펴져 있었고 표정은 바위처럼 단단했다.

마음이 약해지면 안 된다. 저들에게서 도망치면 적을 상대
로도 그리될 것이다.

파천마처럼 악해지지는 말아야 하지만 천무백의 당당함은
지녀야 한다.

그는 누가 뭐라고 해도 고금제일의 무인이니 그 자부심을
잃어서는 안 된다.

천무백은 설호장의 잠긴 문을 두드렸다.

안에서 중년인의 음성이 들렸다.

"뉘시오?"

"주인께 천무백이 왔다고 전해라."

문은 열리지 않고 목소리만 들렸다.

"저희는 당분간 손님을 받지 않습니다."

황세은일 때는 주인처럼 왔는데 이제는 객이 되어버렸다.

"가서 내 이름을 알리기나 해라."

그러다 문득 천무백이라는 이름을 알까? 라는 생각이 들었다.

무림의 많은 사람이 단지 파천마라고 불렀고 그 또한 그 별호가 이름보다 익숙했다.

꽤나 오랫동안 기다려야 했다. 어쩌면 중년인이 화문진에게 아예 알리지 않았을지도 모른다.

'차라리 담을 넘을까?' 라는 생각이 들 때 안에서 발걸음 소리가 들렸다.

한 명이 아니라 최소한 스무 명은 되는 사람들이었다.

천무백은 쓴웃음을 머금었다. 안의 상황이 어떠한지 보지 않아도 짐작할 수 있었다.

끼이익—!

문이 열리고 뜰의 광경이 서서히 드러났다. 천무백의 예상대로 스무 명이 저마다 무기를 들고 서 있었다.

그중에는 백가연과 화문진, 심지어 마수령도 자리했다.

천무백을 보는 세 사람의 얼굴은 딱딱하게 굳어 있었다.

그들은 앞에 선 자가 황세은을 아예 잃어버린 파천마 천무백인지 궁금할 것이다.

집 안으로 걸음을 옮긴 천무백은 스스로 문을 닫았다.

"오랜만이군."

천무백의 시선은 마수령을 향해 있었다. 마수령의 눈썹이 꿈틀 움직였다.

"글쎄. 난 어떻게 인사를 해야 할지 모르겠군."

"뒤쪽으로 가지."

천무백이 걸음을 옮기려 할 때 마수령이 물었다.

"파천마로서 온 것인가?"

파천마라는 세 글자가 마수령의 입에서 나오자 모든 사람의 숨소리가 순식간에 멎었다.

그 이름만으로도 목숨을 끊을 수 있을 것 같았다.

"글쎄. 어떻게 답해야 할지 모르겠군."

마수령이 했던 대꾸와 비슷한 대답을 한 천무백은 먼저 걸음을 옮겼다.

그의 앞에 있던 자들이 보이지 않는 벽에 밀린 것처럼 후다닥 비켜섰다.

어떤 자는 아예 담에 딱 붙어 서서 부들부들 떨기도 했다.

"아무도 따라오지 마라. 그리고 오늘 일어난 일은 절대 밖으로 새어 나가서는 안 된다."

화문진의 말에 대답을 하는 사람은 없었지만 그 명령은 지켜질 것이다.

천무백은 뒤뜰의 건물로 들어갔다. 황세은의 기억을 가지고 있었기 때문에 구조는 익숙했다.

천무백은 장식장에 놓인 술병과 잔을 꺼내 탁자 위에 놓았다.

그가 술을 따르는 동안 세 사람이 방 안으로 들어왔다.

딸그락거리며 구르는 의자의 바퀴 소리가 새삼 마음을 아프게 했다.

네 개의 잔에 술을 모두 따른 천무백이 의자에 앉았다.

세 사람은 여전히 침묵으로 천무백을 응시할 뿐이었다.

"앉지그래."

하지만 아무도 천무백과 자리를 하려 하지 않았다.

"서운한데. 이 얼굴은 황세은과 똑같은데. 불과 몇 시진 전까지 말이야."

마수령이 의자 바퀴를 굴려 천무백의 맞은편에 자리를 잡았다.

"중요한 건 껍데기가 아니니까. 네 안에 세은이가 조금이라도 남아 있다면 먼저 어떻게 된 것인지부터 얘기를 하는 게 순서겠지.”

“황세은이 없다면 애초에 여기 오지도 않았겠지. 파천마가 손수 술을 따라주는 일도 없을 테고. 자네들은 황제도 누리지 못할 호사를 누리는 거야.”

“모든 걸 기억하게 된 모양이군.”

“아무리 나라지만 죽지도 않고 환골탈태라니. 우습지 않나?”

“모든 내막을 모르니 우스울 것도 없지. 어떻게 전수자 그분의 손자가 된 거냐?”

천무백은 술을 마신 후 다시 한 잔을 따랐다. 도두 그의 입이 열리기를 기다리고 있었다.

“저주 때문이지.”

“저주라니?”

“무산에 사는 신녀였네. 내 무료함이 만들어낸 사건이었는데, 처음에는 그저 우스꽝스러운 농담이라고 생각했지. 그래, 시작은 아무것도 아니었어.”

천무백은 그때의 기억 속으로 빠져들었다. 그의 음성은 시종 낮고 차분했다.

황인하를 찾아가 죽여달라던 때의 얘기를 할 적에는 웃음도 나왔다.

천무백은 황세은으로 다시 태어나게 된 과정을 하나도 숨김없이 말해주었다.

세 사람은 그것을 알 권리가 있었다. 얘기를 하면서 천무백은 자신 안에 파천마보다 황세은이 더 크게 자리 잡고 있는지도 모른다는 생각을 했다.

천무백이 얘기를 하는 동안 세 사람은 그저 듣고만 있었다.

말하는 속도는 느렸고 자세히 얘기를 한 탓에 얘기는 이각을 훌쩍 넘어갔다.

그동안 천무백은 다섯 잔의 술을 비웠다. 처음 두 잔만 천무백이 따랐을 뿐 나머지 세 잔은 세 사람이 골고루 나눠서 따라줬다.

마지막 마수령의 잔을 받은 직후 얘기는 끝났다.

큰 숨을 들이쉰 천무백이 물었다.

"그래서, 난 지금 천무백이야. 그렇지 않나?"

천무백의 시선은 마수령에게 향해 있었다. 아마 마수령이 가장 냉정하게 느낀 바를 얘기해 줄 것 같아서였다.

"물론 천무백이지. 처음부터 그랬으니까."

"어르신……."

설백연이 끼어들려고 했지만 마수령이 바로 말을 이었다.

"하지만 파천마는 아닌 것 같군. 내가 아는 파천마는 우리 앞에 이렇게 앉아 있을 자가 아니니까."

"그런가? 그럴지도 모르지. 그 옛날 파천마는 황세은이 탄

생함과 동시에 죽었을지도."

"궁금한 게 있군."

"물어보게."

"우리에게 모든 내막을 얘기해 준 이유가 뭔가?"

천무백은 술잔을 빙빙 돌리다가 대답했다.

"자네들은 알 권리가 있을 것 같아서."

"우리의 권리는 집어치우고 자네 본심을 말해보게. 파천마는 제쳐 놓더라도 인간 천무백조차 타인을 그처럼 배려하지 않아."

"날 잘 아는 것처럼 말하는군."

"파천마 같은 괴물이 된 인간이라면 안 봐도 뻔하지."

천무백은 고개를 끄덕였다. 파천마라는 별호를 얻기 전의 천무백은 오만하고 타인에 대한 배려라고는 병아리 눈물만큼도 없던 인간이었다.

천무백이 대답이 없자 마수령이 다시 물었다.

"말해보게. 진짜 원하는 게 뭔가? 자네라면 굳이 우리에게 와서 구구절절 얘기할 필요가 없었을 텐데. 그냥 패왕성으로 가는 게 이런 불편한 자리를 피할 수 있고 여러 모로 좋았을 것 아닌가?"

"난 그리 불편하지 않은데, 쌍광혈도 자넨 불편한 모양이군."

“내가 불편할 이유는 없지.”

“저도요.”

화문진이 재빨리 말했고 백가연도 따라서 입을 열었다.

“저도 불편하지는 않아요. 조금 이상할 뿐이죠.”

“고맙군.”

“푸하!”

이상한 웃음을 터뜨린 마수령이 이제껏 마시지 않고 놔뒀던 술잔을 단숨에 비웠다.

“이상해서 맨 정신으로는 못 있겠군. 파천마에게서 고맙다는 말을 다 듣다니.”

술잔을 소리 나게 내려놓은 마수령이 천무백을 물끄러미 응시했다.

머릿속의 생각까지 훑어보고 싶은 눈빛이었다.

“거두절미하고 꼭 알고 싶은 것만 묻지. 이렇게 우리 앞에 나타나서 구구절절 얘기하는 이유는 파천마가 아니라 세은이의 역할을 하고 싶어서인가?”

천무백은 고개를 저었다.

“내가 십 년 남짓 황세은으로 살기는 했지만, 그 열 배가 넘는 시간을 천무백으로 살았어. 어찌 황세은으로 살 수 있겠는가?”

“내 얘기는 황세은으로 살라는 게 아니야. 세은이가 하려고 했던 것을 자네가 이어받기 위해서냐 이 말일세."

"만약 그러고 싶다면 어떻게 할 텐가?"

마수령은 바퀴의자에 몸을 깊숙하게 기댔다. 선뜻 대답하지 못하는 것은 만약 그것을 인정할 경우 천무백을 가까이 품어야 하기 때문이다.

마수령에게 천무백은 평생을 두고 이겨야 할 숙적이었다.

파천마라는 이름이 사라진다고 해도 본질은 달라지지 않는다.

그러니 마수령으로서는 천무백을 끌어안기가 망설여지는 게 당연했다.

마수령이 대답을 않고 있자 백가연이 물었다.

"당신의… 뭐라고 불러야 할지 모르겠군요."

"편한 대로 부르게. 황 공자라는 호칭만 빼고. 난 더 이상 황세은이 아니니까."

그녀는 가는 한숨을 쉬었다.

"정말 그런가요? 아무리 예전의 기억이 돌아왔다고는 하지만 외모는 여전히 황 공자님인데, 황세은이라는 존재를 조금이라도 인정할 수 없는 건가요?"

"내가 두 명으로 행세할 수는 없는 노릇이지. 그대들이 황세은을 사랑했다는 건 알지만 그는 사라졌네. 죽은 것이나 다름없지."

화문진이 단호하게 고개를 저었다.

"아뇨! 만약 황 공자님이 죽은 것이나 다름없다면 당신이 여기 나타나지도 않았겠죠!"

"내게서 황세은을 찾고 싶은 건가? 아니면 내가 천무백이 아닌 황세은이 되었으면 좋겠나? 만약 그리해 준다면 어찌하려고? 내가 천무백이 아닌 황세은이라고 한다 해도 예전으로 돌아갈 수는 없어."

"알아요! 하지만……!"

화문진은 반박할 말을 찾지 못하고 아랫입술만 꼭 깨물었다.

정인의 얼굴로 돌아왔지만 전혀 딴 사람이 되어버린 인물 앞에서 그녀들은 어찌할 바를 모르고 있었다.

마수령이 백가연과 화문진에게 선언하듯 말했다.

"세은이는 죽었다. 그리 생각해라."

백가연이 벌떡 일어섰다. 무슨 말인가를 하려고 입술을 달싹이던 그녀는 '안주 좀 만들어 올게요' 란 말을 남기고 사라졌다.

화문진도 물기 가득한 눈으로 천무백을 보다가 뛰쳐나갔다.

그래서 방 안에는 천무백과 마수령만 남았다.

"정말 마교를 상대로 싸움을 할 텐가?"

“싸우고 싶지 않아도 그리되겠지.”

“하긴. 한 산에 두 마리의 호랑이가 살 수 없듯이, 파천마가 귀환했는데 마교와의 싸움은 피할 수가 없지. 문제는 싸움의 방식이야. 과거의 파천마처럼 싸울 텐가, 아니면 세은이처럼 마교를 상대할 텐가?”

“내가 황세은처럼 싸운다면 정파와 손을 잡아야 하는데, 그게 가능할 것 같은가?”

“예전에야 생각할 수도 없는 일이었지만 지금은 정파가 워낙 궁지에 몰려 있으니까. 그리고 자네에게 일어났던 일을 알리게 되면 가능하지 않을까?”

천무백은 고개를 저었다.

“내 얘기를 세상에 소문내고 싶은 생각은 없군.”

“그럼 어찌하려고?”

“파천마로서 싸워야지. 정파야 거들어주면 좋고 아니어도 상관없어. 나와 싸우려고만 들지 않는다면 말이야.”

“그럼 적운협은 무림에서 영원히 사라지는 건가?”

천무백의 대답은 한참 후에 나왔다.

“그렇지.”

第五十八章 아들

파천마

破天魔

천무백은 그날 밤 아무도 모르게 그곳을 떠났다.

하고 싶은 얘기는 모두 했고 이제 정리할 것은 감정밖에 없었다.

오래 있어봤자 마음만 복잡해지고 시간만 지체될 뿐이다.

특히 백가연과 화문진은 그를 보면 볼수록 황세은이 생각날 수밖에 없었다.

그러니 되도록 그녀들은 보지 않는 편이 나았다

어차피 천무백은 다시는 황세은이 될 수 없는 몸이다.

문득 황세은으로 지내면서 접했던 여인들이 주마등처럼

스쳐 갔다.

조철민은 잘 지내고 있는지 궁금했다. 비록 짧은 인연이었지만 함께 목숨을 걸었기에 마음이 쓰였다.

어쩌면 황세은의 첫사랑이라고 할 수 있는 주혜민. 오늘도 구중궁궐의 가장 깊숙한 곳에서 황세은을 그리워하고 있을지도 모른다.

황세은이 절대 잊을 수 없는 또 한 명은 왕서연이다.

황세은의 첫 여자이면서 연민의 정이 가장 깊었던 사람.

'다른 남자 만나서 잘 살고 있겠지?'

그중에서 남지인은 참 난감한 여인이다. 애정은 없지만 황세은 입장에서는 책임감을 느낄 만한 그런 사람이니 말이다.

"어지간히 바람둥이였군. 허허!"

품어본 여자야 천무백이 월등히 많겠지만 마음에 담은 여자는 없었다.

천무백에게 여인이란 부엌과 침대에서밖에 쓸모가 없는 그런 존재였다.

그래서 새로웠다. 그가 비록 천무백으로서의 자아가 더 강하기는 했지만 황세은의 마음이 분명히 존재하기 때문이다.

밤길을 재촉하는 이유 중 가장 큰 것이 백가연과 화문진에게 마음을 쓰고 있어서였다.

나이로만 따지면 근 백오십 년을 살았다. 그런 그에게 연정이라니, 어울리지 않았다.

인생이란 참 오묘하다는 생각이 들었다.

밤이슬을 맞으며 달려가는 천무백은 애써 여인들을 머릿속에서 지웠다.

지금은 개인사보다 무림의 일에 집중을 할 때였다.

천무백이 향하는 곳은 그가 조청호라는 신분으로 금계맹에 잠입했던 금운장이었다.

그곳에서 가지고 나올 물건이 있었다.

'아직 있을까?'

금운장이 정협맹의 공격을 받았지만 건물 자체가 무너진 것은 아니었다.

천무백이 그곳에 숨겨놓은 것은 당군위에게서 받은 용봉패였다.

개량된 적명혈조가 어느 정도의 위력을 발휘할지 알 수 없지만 지금은 필요한 모든 것을 취해야 할 때다.

그가 파천마로서의 무위를 가지고 있었다면 적명혈조 같은 건 거들떠보지도 않았을 것이다.

하지만 예전의 그로 돌아가려면 최소한 오 년은 폐관수련을 해야 한다.

마교가 천하를 흔들고 있는 이때 오 년이라는 시간을 수련에 매달린다는 건 사치였다.

그러니 가지고 있는 자원을 최대한 활용해서 싸워야 한다.

시산혈류이 그것이고 적명혈조도 필요했다. 잃어버린 설화쌍검도 찾을 수 있으면 찾을 생각이었다.

천하십대병기를 적절히 활용하면 도패군과 능히 일전을 벌일 수 있을 것이다.

천무백은 꼬박 하루를 달려 금운장에 당도했다.

주인을 잃은 금운장은 폐허로 변해 있었다. 당시 승자였던 정협맹은 마교에 의해 지리멸렬했고, 그 마교 안에 금계맹은 없었다.

그러니 정파나 마교 모두에게 외면받은 금운장이 폐허가 된 것은 당연했다.

잡초가 무성하게 자란 마당을 지나 뒤쪽 건물로 갔다.

천무백의 기척에 놀란 쥐새끼가 후다닥 도망쳤다.

천무백은 자신이 썼던 거처로 향했다. 시간이 꽤 지났지만 다행히 잊거나 헤매지는 않았다.

황세은은 천장을 향해 손짓을 했다. 천장 일부가 떨어져 나가며 먼지가 우수수 쏟아졌다.

그 사이로 금빛 용봉패가 뚝 떨어졌다. 용봉패를 받아 먼지를 털어내자 순금 특유의 윤기가 흘렀다.

용봉패를 품에 넣고 나오던 천무백은 걸음을 멈췄다.

지붕 위에서 느껴지는 미세한 기척 때문이었다.

누군가 그를 지켜보고 있었다. 무시하려던 천무백은 이내 고개를 돌렸다.

"내려와라."

숨어 있는 자는 급히 숨을 참아보지만 이미 늦었다.

잠시의 시간을 지붕 위에서 보낸 그자가 모습을 드러냈다.

듬성듬성 수염을 기르기는 했지만 사내치고는 곱상한 외모를 지닌 이십대 중반의 청년이었다.

천무백은 그 사내를 어렵잖게 황세은의 기억 속에서 끄집어냈다.

"당주님… 아니십니까?"

스물여덟 명의 상천인 중 한 명이었던 설문이었다.

그중에서도 황세은의 가장 열렬한 추종자였던 것으로 기억이 났다.

"설문이구나."

"당주님이 맞으시죠! 맹주께서 돌아가셨다고 했지만 믿지 않았습니다! 상대가 아무리 마교의 교주지만 그리 쉽게 돌아가실 분이 아니시죠!"

감격한 표정의 설문은 당장 달려와서 안을 기세였다.

천무백은 설문이 느끼는 기쁨에 대해 화답해 줄 수가 없었다.

황세은의 기억 속에서 꽤나 호감을 가진 청년이었지만, 지금 천무백은 별다른 감흥을 느끼지 못했다.

"여기서 날 기다리고 있었느냐?"

"금계맹이 완전히 지하로 숨어버렸으니 당주님께서 살아 계셔도 저희를 찾을 방법이 없지 않습니까? 돌아오신다면 아는 곳으로 오실 것 같아서 이곳에서 지키고 있었습니다. 헤헤……."

설문은 반가움에 눈물을 글썽이면서 헤픈 웃음을 날렸다.

"지금 금계맹은 어찌하고 있느냐?"

"정파에 치이고 마교에게도 버림받아서 끈 떨어진 연 신세죠. 그 때문에 상천인 중 대부분이 금계맹을 떠났습니다. 지금 남아 있는 상천인은 고작해야 다섯 명밖에 되지 않습니다."

상천인이 몇이나 남았든 별 관심은 없었다. 하지만 금계맹은 다르다.

마교와 싸우는 데 일조를 할 수 있는 곳이 금계맹이기 때문이다.

"현기조는?"

"강소성 사양현(泗陽縣)에 있습니다. 마교의 눈을 피해 어떻게든 재기하려고 노력하는 중이죠."

"그곳에 있는 가장 큰 객잔에서 내 연락을 기다리고 있어라. 조만간 찾아갈 터이니."

"네? 저와 함께 가시는 게 아니라요?"

"난 네가 알던 내가 아니다."

"그게 무슨 말씀입니까?"

"다시 만나게 되면 알게 되겠지."

천무백은 따로 인사도 남기지 않고 몸을 날렸다.

뒤에서 설문이 부르는 소리가 들렸지만 고개도 돌리지 않았다.

황세은이 만들어놓은 인연은 대하기가 난감했다.

너무 애정이 넘쳐도 그렇고 설문처럼 어중간한 관계라도 문제였다.

그러니 마음이 내키는 대로 행동하는 수밖에 없었다.

그러다 보면 어떻게든 정리가 될 것이다.

이런 것까지 신경 쓰는 걸 보면 본래의 천두백에서 참 많이 변했다.

천무백은 사천성까지 잠자고 먹는 시간을 빼면 계속해서 달렸다.

황세은이 가졌던 것이 아닌 그가 지닌 경공을 쓰고 또 썼다.

황세은은 황인하에게서 무공을 전수받아 정의 기운이 강했다.

그 기운은 천무백에게 맞지 않았다.

황세은이 익힌 무공이 강하기는 했지만 천무백의 것에 비할 바가 아니었다.

그러니 천무백의 것을 빨리 찾아야 한다. 무공의 구결은 완벽하지만 몸은 아직 황세은을 완전히 벗어나지 못했다.

육체를 혹사해서 천무백의 무공을 몸에 적응시키는 게 가장 빠른 방법이었다.

사천성까지 가는 데는 그래서 나흘밖에 걸리지 않았다.

이제 동방현까지는 한 시진 남짓이면 충분했다.

그런데 문득 한 곳이 가보고 싶어졌다. 그가 환골탈태를 했던 곳, 황인하와 보낸 그 장소.

죽을 장소를 찾아간 천무백으로서는 괴로울 수밖에 없는 공간이건만 그보다는 아련한 그리움이 밀려왔다.

약간 돌아가야 했으나 두 시진을 허용하지 못할 정도로 화급을 다투지는 않았다.

어쩌면 다시 못 올 지도 모르는 곳이다. 그래서 천무백은 대파산으로 방향을 잡았다.

숲이 우거진 산을 휘적휘적 걸어 올라갔다.

황세은에게 각인되었던 지난날의 추억이, 그 감정 그대로 천무백에게 살아나 어떤 아련함을 안겨주었다.

대파산에서 자라는 나무 한 그루, 풀 한 포기가 정겹게 느껴지기까지 했다.

그렇게 쉬엄쉬엄 올라간 천무백은 그가 설치했던 천인팔 괘진 앞에 섰다.

진은 여전히 살아 있어서 외인이 침입한 흔적은 없었다.

말썽꾸러기로 진을 통과해 마을로 내려갔던 황세은이 기억나 빙그레 웃음이 그려졌다.

진을 통과해 조금 걸어가자 비로소 황인하와 살았던 집이 나왔다.

진이 외부인으로부터 안을 보호해 주기는 했지만 세월까지 비켜가지는 못했다.

거미줄은 집 곳곳에 쳐져 있었고 먼지는 손가락 한 마디 높이로 쌓여 폐가의 전형적인 모습이었다.

안으로 들어가 지난날의 추억들을 곱씹었다.

천무백으로서 느끼는 이런 감정은 새로웠고 나쁘지 않았다.

황세은은 그에게 인간으로서 당연히 가져야 할 감정을 갖게 만들었다.

집 안을 대충 둘러본 천무백은 황인하의 무덤으로 향했다.

허리 높이로 자란 풀을 베고 집 안에서 술과 잔을 내왔다.

한동안 마개를 따지 않은 술은 잘 익어서 진한 과일향을 풍겼다.

"내가 왔네. 친구로 왔다가 손자가 되더니 다시 친구로 돌아왔군. 우스운 일이지."

잔에 술을 따라 무덤에 부은 그는 자신도 한 잔을 마셨다.

무덤과 함께 술잔을 나눠야 하니 가슴에 아릿한 아픔이 찾아왔다.

이런 마음으로, 인간으로서 인간을 아끼는 이런 마음을 지니고 황인하와 친구가 되었다면 얼마나 좋았을까 하는 생각이 들었다.

"자네에게는 여러 모로 신세만 졌군."

오랜 친구가 보고 싶어서 울컥 눈물이 날 것 같았다.

보는 사람은 없지만 천무백은 애써 눈물을 삼켰다.

"만약 마교와의 싸움에서 살아난다면 내 다시 찾아옴세."

할 일을 모두 끝낸 후 여생을 보낼 곳은 아마 여기가 될 것이다.

그도 진 안에서 일생을 보내며 지난 죄를 참회하는 게 가장 옳은 삶이었다.

그때가 되면 무덤 안에 있는 황인하가 유일한 말동무가 될 것이다.

비목을 가볍게 두드린 천무백은 그곳을 떠나 산을 내려갔다.

황세은이 황인하 몰래 빠져나와 밟았던 길과 같았다.

산을 내려와 마을에 도착할 때쯤에는 어둠이 옅게 깔려 있었다.

동방현으로 가기에는 애매한 시간이 되어버렸다.

'여기서 하룻밤 묵어도 되겠지.'

천무백의 걸음은 자신도 모르게 홍락가로 향하고 있었다.

황세은이 세상과 첫 인연을 맺었던 곳이다.

길 양쪽으로 불을 밝힌 가게들이 즐비하고 식사와 술을 즐기려는 사람들로 북적였다.

천무백은 사람들 사이를 한가롭게 걸어갔다.

그의 얼굴에 가득한 흉터 때문인지 행인들은 애써 가까이 오려 하지 않았다.

커다란 덩치에 이런 얼굴을 하고 있으니 사람들이 멀리하려는 건 당연했다.

천무백은 신경 쓰지 않고 느긋한 걸음을 옮겼다.

머지않아 마교와 목숨을 건 싸움을 벌여야 하지만 지금만은 느긋한 기분을 즐기고 싶었다.

드디어 홍락가에 당도했다. 그곳은 그때와 다르지 않았다.

여인들은 문 앞에서 웃음을 흘리며 사내들을 향해 손짓을 했고, 일찍 취해 버린 사내들은 그런 여인들을 지분거렸다.

황세은의 마음이 기웃한 천무백은 왕서연이 궁금해졌다.

황세은일 때는 잘 몰랐지만 천무백은 창기의 삶이 어떤지 잘 알고 있었다.

세상에서 가장 밑바닥에 있는, 낯선 사내들에게 가랑이를 벌려야 하는 그녀들의 삶은 대부분 황폐할 수밖에 없었다.

비록 겉이야 웃음을 흘린다 하더라도 그 마음은 사막의 모래보다 퍼석하게 말라서 눈물조차 나오지 않는다.

황세은이 마지막 만났을 때 왕서연은 창기로서의 삶을 버렸지만 그렇다고 행복의 문이 열린 것은 아니었다.

다시 그 길로 들어서지 않고 좋은 남자 만나 시집을 간다면 그것이 그녀에게는 최상의 인생이 될 것이다.

왕서연의 집은 아직 기억하고 있었다.

천무백은 홍락가의 초입에 서서 망설였다. 그는 황세은이 아니다. 그러니 굳이 왕서연의 근황을 눈으로 확인할 필요는 없었다.

그런데도 그녀가 어떻게 지내는지 알고 싶은 마음이 강하게 일었다.

'난 천무백이 아니라 황세은인 것 같군.'

어쩌면 오랫동안 천두백으로서 느끼지 못했던 감정의 샘물이 황세은으로 인해 일시에 터지는 것인지도 모른다.

천무백은 애써 몸을 돌렸다. 창기 중 그런 천무백의 팔을 잡아 끄는 여인은 없었다.

문둥이만 아니면 가랑이를 벌린다는 그녀들에게조차 천무백의 외모는 두려웠다.

그런데 그런 천무백을 뚫어지게 보는 여인이 있었다.

천무백은 머리칼로 얼굴을 반쯤 가린 그 여인을 봤다.

청색무복을 입은 여인이 홍락가의 창기가 아닌 건 분명했다.

창기가 무복에 검을 매고 있을 리 없으니 말이다.

잠시 여인을 살핀 천무백은 뒤늦게 여인을 알아봤다.

얼굴이 머리칼에 가려 알아보는 게 늦었지만 그녀는 분명 조철민이었다.

낙일검가는 사천성에서 한참 떨어진 곳에 위치해 있다.

특별한 용건이 아니면 그녀가 사천성까지 올 리가 없었다.

천무백은 조철민을 물끄러미 봤고 그녀 또한 천무백을 응시하는 시간이 길어졌다.

지금 천무백의 외모는 조철민이 마지막 봤을 때와는 너무 달라져 있었다.

얼굴도 그렇고 키와 덩치도 많이 커졌다.

그러니 조철민이 그를 황세은이라고 생각할 리가 없다.

그녀가 보는 것은 단지 천무백이 풍기는 기운 때문일 것이다.

상승의 무공을 익힌 그녀이니 천무백에게서 본능적인 기운을 느꼈을 것이다.

팔짱을 긴 채 천무백을 보던 조철민이 다가왔다.

　일정한 보폭으로 걸어온 조철민은 천무백의 다섯 자 앞에서 섰다.

　그리고 갑자기 검을 빼서 휘둘렀다. 검은 천무백의 정수리를 향해 떨어졌다.

　하지만 천무백은 미동도 하지 않았다.

　섬전처럼 떨어지던 검이 천무백의 머리 한 치 위에서 멈췄다.

　검기에 잘린 몇 올의 머리칼이 좌우로 흩어졌다.

　"나쁜 새끼."

　말을 씹어서 뱉는 것 같은 목소리였다.

　천무백은 잘게 흔들리는 검과 눈동자를 보고 그녀가 자신을 알아봤다는 걸 깨달았다.

　아니, 처음 검을 휘두를 때부터 알았다. 그녀는 공격을 했지만 한 줌의 살기도 없었다. 그래서 굳이 막지 않은 것이다.

　하지만 조철민이 알아본 사람은 황세은이고 그는 황세은이 아니다.

　그래서 말했다.

　"난 네가 아는 사람이 아니다."

　"뭐야? 황세은이 아니라고?"

　"그래. 난 황세은이 아니다."

　서릿발 같은 시선으로 천무백을 응시하던 그녀가 낮은 음성을 뱉었다.

"얼굴은 변하고 덩치는 커졌어도 절대 변할 수 없는 게 있어. 그 눈. 나만이 느낄 수 있는 그 기운. 그것들만은 절대 잊을 수 없어. 그런데 황세은이 아니라고? 날 속이고 도망치겠다는 거야? 이곳에서 여섯 달이나 기다린 나를?"

"황세은을 기다렸단 말이냐?"

"그래, 새끼야! 널 찾을 길어 없어서! 죽었을 거라는 말은 절대 믿을 수 없어서! 네가 혹시 나타날지도 모르는 장소 중 하나를 골라서 미친년처럼 기다렸다!"

천무백은 대꾸할 말을 잃었다.

조철민이 선택한 건 그야말로 희박한 가능성이었다.

그 희박한 가능성을 찾아 여섯 달이나 매일 이곳을 지키다니.

누군가를 아무리 애타게 찾는다고 해도 천무백으로서는 생각할 수 없는 방법이었다.

"미련하군."

"그럼 어떡해? 무작정 세상을 떠돌 수는 없잖아. 물론 처음에는 그랬지만."

천무백은 긴 한숨을 쉬었다.

"왜 그리 미련한 짓을 했느냐?"

"빌어먹을 자식! 그걸 꼭 내 입으로 말해야 하냐!"

사랑인가? 하긴 사랑만이 사람으로 하여금 저런 미련한 끈기를 발휘할 수 있게 만든다.

하지만 조철민의 저 미련함에 대한 보상은 영원히 받을 수 없을 것이다.

그는 황세은이 아니기 때문이다.

천무백은 그녀를 지나쳐 가며 말했다.

"황세은은 죽었다."

그런 그의 등을 조철민이 잡았다.

"그럼 넌 뭔데? 지금 나한테 등을 보이고 있는 넌 누군데?"

"천무백. 과거 파천마로 불렸던 사람이 바로 나다."

놀라서 움찔 떨리는 조철민의 손이 느껴졌다.

"거짓말. 다, 당신이 파천마라고? 황세은이 아니라 파천마란 말이야?"

"그렇다."

천무백이 걸음을 옮겼지만 그녀의 손길은 더 이상 그를 잡지 않았다.

천무백은 걸음을 빨리했다. 조철민의 아픔이 느껴지는 공간을 어서 벗어나고 싶었다.

사람의 마음을 가진다는 게 이럴 때는 불편하게 느껴졌다.

그녀의 마음이 고스란히 전해져서 천무백의 가슴 또한 겨울처럼 시렸다.

조철민이 쫓아오는 게 느껴졌지만 천무백은 고개도 돌리지 않았다.

무작정 걷는 동안 인적은 뜸해지고 인가조차 사라졌다.

산으로 향하는 긴 관도가 나올 때 조철민이 앞을 막아섰다.

"당신이 파천마라고? 정말이야?"

"예전에는 그렇게 불렸지."

파천마는 과거의 이름이다. 다시는 그 별호로 불리고 싶지 않았다.

"예전에 파천마였다면 혹시 황세은인 적은 없어?"

천무백의 대답은 잠시의 사이를 두고 나왔다.

"그래. 그랬던 적도 있지. 네가 날 그렇게 알았던 적도 있어."

"이건 뭐야? 파천마였던 적도 있고 황세은인 적도 있었다니. 이건 무슨 개소리야?"

천무백은 잠시 고민했지만 결국 얘기를 해주기로 했다.

마수령이나 백가연, 화문진이 그렇듯 황세은을 사랑하는 조철민 또한 알 권리가 있었다.

한 번 얘기를 했던 탓에 이번에는 훨씬 빨리 끝났다.

물론 세 사람에게 얘기할 때만큼 자세하게 이야기를 들려주지는 않았지만 조철민이 이해할 정도는 되었다.

시시각각 변하는 그녀의 표정은 불신과 경악, 슬픔 같은 것이 뒤섞였다.

　그리고 이윽고 천무백의 얘기가 모두 끝났을 때에는 긴 한숨이 터져 나왔다.

　그녀가 활짝 웃었다.

　"뭐야? 그럼 세은이잖아."

　"황세은은 사라지고 없다고 하지 않았느냐?"

　저벅저벅 다가온 조철민이 천무백의 가슴을 검지로 쿡 찔렀다.

　"만약 세은이가 없다면 파천마가 이렇게 행동했을까? 이 안에 세은이가 없다면 말이야."

　"물론 황세은이 지금 내게 영향을 미치고는 있지만 난 본질적으로……."

　"누군가를 결정하는 건 결국 그 사람의 행동이잖아. 파천마는 절대 남한테 이처럼 친절하지 않아. 천무백이라는 사람도 마찬가지일 테고. 그럼 남는 건 세은이뿐이잖아. 안 그래?"

　"네가 날 황세은으로 믿고 싶은 건 이해한다. 하지만 난 이미 백삼십 년을 넘게 산 사람이다. 애초에 네가 아는 황세은이 될 수 없는 그런 사람이란 말이다."

　"내가 세은이를 나이 때문에 좋아하는 것 같아?"

　천무백은 고개를 설레설레 저었다.

"황세은을 좋아하는 네 감정이 이성을 잃게 만들었구나."

"내가 좀 미쳤다는 건 인정해. 고작 남자 대문에 무공수련도 팽개치고 미친 듯이 반년을 떠돌았고, 또 나머지 반년을 홍락가에서 지냈으니까. 미치지 않고는 그럴 수가 없지. 하지만 세은이가 아닌 사람을 세은이라고 우기지 않아. 그럴 거였으면 아무 남자나 잡았지. 하지만……."

조철민은 오른손과 이마를 천무백의 가슴어 댔다.

"세은이는 여기 있잖아."

두근, 가슴이 뛰었다. 왜 그런지 알 수 없지만 이 순간만큼은 천무백이 아니라 황세은인 것 같은 기분이 들었다.

하지만 그것은 착각이고 그리될 수도 없었다.

천무백은 조철민을 밀어냈다.

"네 할아버지조차 내 아들뻘에도 미치지 못한다. 그런 내게 황세은을 요구하는 건 철없는 짓이다."

"과연 그럴까?"

고개를 한껏 들어 그를 보는 조철민의 숨결이 느껴졌다. 금방이라도 입을 맞춰 버릴 것 같은 불길한 생각이 들었다.

다행히 그녀는 아무 일 없이 돌아섰다.

"따라와."

조철민은 천무백을 기다리지도 않고 먼저 성큼성큼 걸어갔다.

잠시 망설인 천무백은 가는 한숨과 함께 그녀의 뒤를 따랐다.

조철민은 왔던 길을 다시 밟아 홍락가로 향했다.

천무백은 무시하고 그냥 갈까도 생각했지만 조철민이 저러는 이유가 있을 것이다.

그래서 가는 내내 아무 말도 하지 않았다.

밤이 깊어지자 홍락가는 오히려 더 활기차게 움직였다.

자리를 파한 취객들이 몰려드는 시간이기 때문이다.

"오라버니! 어딜 가는 거야! 그저께 쌓은 만리장성 계속 이어서 쌓아야지!"

"그년 화류병 걸렸어!"

"근데 저년이! 병 나은 지가 언젠데!"

"나았다가 다시 도지는 게 화류병이지!"

말다툼을 하던 두 여인이 기어코 서로 머리채를 잡았다.

황세은이 떠날 때나 지금이나 변함없는 모습이었다.

조철민은 그 사이를 요리조리 피하며 천무백을 데리고 갔다.

천무백이 참지 못하고 물었다.

"대체 어딜 가는 것이냐?"

"거의 다 왔어."

조철민이 인도하는 길은 익히 아는 곳이었다.

홍등가의 어디를 모를까마는 이 골목이 눈에 특히 익은 것
은 왕서연이 살던 곳이기 때문이다.

손님이 뜸한 골목. 취객들이 많이 오지 않는 곳이라 좁지만
그나마 깨끗한 곳이었다.

담 너머에서 개 짖는 소리, 여인들의 악다구니, 아이들의
웃음과 울음소리가 들려왔다.

일 장 앞의 모퉁이만 돌면 정면에 왕서연의 집이 나온다.

왕서연이 바느질을 하던, 황세은이 떠날 대 처음이자 마지
막으로 왕서연을 품었던 그 집이다.

천무백은 걸음을 멈췄다.

과거의 기억이 향수를 불러오기도 하지만 자신이 어찌할
수 없는 현실은 거북함을 느끼게 했다.

왕서연의 집이 보일 골목 앞에 선 조철민이 오라고 손짓을
했다.

미적거리던 천무백은 내친걸음이라 생각하고 앞으로 나아
갔다.

모퉁이를 돌아 걸음을 멈췄다.

한 아이가 보였다.

담 너머에서 새어 나오는 희미한 빛에 의지해 땅바닥에 낙
서를 하고 있는 아이였다. 자세히 보니 글을 쓰고 있었다.

이제 서너 살 정도밖에 되지 않은 아이였다.

그럼에도 글을 아는 걸 보면 어지간히 총명한 아이였다.

끼이익—!

아이 바로 앞에 있는 대문이 열렸다. 왕서연의 집이다.

그리고 나온 여인. 천무백은 숨을 훅 들이쉬었다.

세월이 비켜간 듯한 모습의 그녀는 아련한 기억 속 그대로의 왕서연이었다.

"인석아. 늦었는데 어서 자야지."

"이것만 다 쓰고요. 이제 천자문은 거의 다 알 것 같아요. 빨리 글 배워서 이모들 서신 써줄 거예요. 아버지처럼요."

천무백은 뒷걸음질을 쳐서 그들에게서 숨어버렸다.

두근거리는 심장이 가슴을 뚫고 나올 것 같았다.

그럴 리가 없다고 생각했다.

고작 하룻밤이었다.

천무백은 조철민을 봤다. 그녀는 말없이 천무백 앞을 지나쳤다.

모퉁이 저쪽에서 모자가 집 안으로 들어가는 소리가 들렸다.

골목 안을 힐끔 봐서 그들이 사라졌다는 걸 확인한 천무백은 조철민을 쫓아갔다.

하지만 말을 꺼내지 않았고 조철민 또한 그저 걸음을 옮길 뿐이었다.

아까 조철민이 천무백을 잡았던 그 관도 즈음에 다다라서
야 그들은 걸음을 멈췄다.

뭔가 말을 해야 하는데 목젖이 목구멍을 각아버린 것처럼
말이 나오지 않았다.

"어때? 너하고 닮은 것 같지 않아?"

조철민은 계속 천무백을 황세은처럼 대하고 있었다.

"정말 그 아이가 내… 내……."

네 번이나 말을 더듬은 후에야 힘겨운 두 글자를 뱉었다.

"아들이냐?"

"그 여인은 네가 떠난 후에 어떤 남자도 만나지 않았어."

"네가 그걸 어떻게 아느냐?"

"직접 들었으니까. 아이의 아버지 이름이 황세은이라고."

하지만 선뜻 믿기가 힘들었다. 백가연이나 화문진, 눈앞의
조철민과도 잠자리를 가졌다.

그런 그녀들에게는 아무 일도 생기지 않았는데 딱 한 번 동
침을 한 왕서연이 덜컥 애를 낳다니.

"방금 그 아이가 네 자식이 아니라고 생각되면 이대로 그
냥 떠나도 돼. 그럼 나도 더 이상 잡지 않을 거야."

"넌 어떻게 그렇게 확신을 하느냐?"

"딱 봐도 네 아들이거든. 두루 알아보기도 했고. 왕서연뿐
만 아니라 다른 여인들도 한결같이 말했어. 홍세은이 떠난 후

로 왕서연은 누구와도 관계를 갖지 않았다고. 더 이상 뭐가 더 필요하겠어?"

천무백은 그저 멍하니 조철민을 봤다. 비록 황세은일 때 생긴 일이지만 어쨌든 그의 몸이 만들어낸 생명체다.

그토록 많은 여인과의 관계 속에서 단 한 번의 잉태도 없었는데, 이건 운명의 장난 같았다.

어떻게 해야 할지 판단이 서지 않았다.

잠깐 봤을 뿐이지만 왕서연은 자식을 잘 기르고 있는 것 같았다.

'그냥 모른 척 할까?' 라는 생각이 갸웃했다. 지금에 와서 그가 나타나는 건 희극이다.

황세은으로서 그들 모자를 보듬어줄 수도 없었고, 어쩌면 마교와의 싸움에서 죽을지도 모른다.

앞날은 불확실했고 심지어 자신은 황세은도 아니다. 그런데 그들에게 무엇을 해줄 수 있단 말인가?

"도망치고 싶어?"

조철민의 그 말이 머리에 끼얹어진 찬물처럼 정신을 번쩍 들게 만들었다.

어떻게든 왕서연 모자에게서 멀어지려는 핑계를 찾고 있는 자신을 발견한 것이다.

그리고 그것이 두려움 때문이라는 걸 깨달았다.

"내가 할 수 있는 게 없지 않느냐?"

"아버지잖아. 세상의 아버지가 하는 것처럼 하면 돼."

아버지. 낯선 이름이다.

"내가 그 아이의 아버지가 되려면……."

"먼저 황세은이 돼야지."

그렇다. 천무백으로는 아버지가 될 수 없다. 그것은 왕서연이 인정하지 않을 것이기 때문이다.

조철민이 그의 양쪽 어깨에 손을 얹었다.

"네가 이전에 어떤 사람이었든, 그 시간은 이미 지나갔어. 넌 나나 혹은 다른 모든 사람에게 황세은이야. 네가 죽지 않는 한 그건 변하지 않아. 내 아버지가 네 아들뻘이라고? 난 한 번도 내 아버지가 땅바닥에 천자문을 쓰는 걸 본 적이 없어. 그러니 그딴 소리 하지 마."

조철민은 너무도 확실하게 천무백을 황세은으로 정의해 버렸다.

하지만 천무백에게는 쉽지 않은 일이다. 황세은은 불가사의한 현상이 만들어낸 천무백의 다른 인격체였을 뿐이다.

그는 그렇게 생각했고 마수령과 백가연, 호문진 또한 체념했다.

그런데 느닷없이 나타난 조철민과 그의 핏줄이 그 사실을 흔들어놓았다.

파천마가 환골탈태를 해 황세은으로 태어났듯, 천무백이 핏줄로 인해 다시 황세은의 그림자를 드리우고 있었다.

아무리 그가 천무백으로 백이십 년을 살았다고 하지만 십 년 남짓을 산 황세은의 삶을 떨치기는 힘들었다.

오히려 천무백을 부정하는 게 더 쉽게 느껴질 지경이었다.

"오늘 이 이야기는 여기서 끝내자."

"하지만……."

천무백은 손을 들어 조철민의 말을 막았다. 다행히 그녀는 고개를 끄덕여 그의 말을 따라주었다.

아직은 생각할 시간이 필요했다. 그리고 당장은 마교와의 싸움이 급했다.

그가 죽게 되면 천무백이든 황세은이든 아무 의미가 없기 때문이다.

천무백이 몸을 돌리는데 조철민이 바짝 따라붙었다.

"나하고 함께 갈 생각이냐?"

조철민이 깜짝 놀라 대꾸했다.

"그 고생을 해서 찾았는데 여기서 떨어지란 말이야? 그렇게는 못하지. 절대!"

천무백은 피식 웃었다. 따돌리려고 마음먹으면 얼마든지 그리할 수 있지만 천무백은 조철민의 동행을 허락하기로 했다.

같이 다녀도 나쁠 것 같지 않다는 즉흥적인 생각이었다.

"그런데 어딜 가는 거야?"

자신이 천무백이라는 걸 밝혔는데도 꼬박꼬박 반말이다.

"그 말버릇 좀 고쳐야겠다."

"친구한테 존대를 하라고?"

"친구는 무슨……!"

"친구 하기로 했잖아!"

"그거야 황세은 때 얘기지."

"나한테 넌 여전히 황세은이야. 네가 파천마라고 하든 천무백이라고 하든 상관없이."

천무백은 그저 긴 한숨만 쉬었다. 팰 수도 없는 노릇이니 그가 참는 수밖에.

조철민은 쫄래쫄래 따라오며 다시 물었다.

"어디 가냐니까?"

"적명혈조 찾으러."

"십대병기 중 하나인 그 적명혈조?"

"그래. 얻을 수 있을지는 가봐야 알겠지만."

"할아버지한테 듣기로는 죽은 당군위가 어디다가 맡겼다고 하던데."

"그걸 찾으러 가는 것이다."

조철민은 의미 모를 미소를 지으며 고개를 끄덕였다.

“암기가 필요하단 말이지?”

천무백이 인상을 썼다.

“내 무공이 약하다고 비웃는 것이냐?”

“비웃는 건 아니지만 암기의 힘을 빌릴 생각을 한 걸 보면 마교 교주가 두려워…….”

“누굴 두려워서 그러는 게 아니다! 확실히 하고 싶은 것이지!”

버럭 화를 낸 천무백은 자신이 꼬마계집과 뭘 하고 있나 하는 생각이 들어서 입을 다물어 버렸다.

사실 조철민의 말이 틀린 건 아니었다. 도패군을 이길 자신이 없으니 적명혈조를 찾는 것이니 말이다.

예전 같으면 생각도 할 수 없는 일이지만, 지금 그에게는 체면보다 마교를 이 땅에서 없애는 게 더 중요했다.

“너로서 충분해.”

조철민의 말에 천무백은 쓴웃음을 지었다.

“넌 어지간히 황세은을 믿는 모양이구나.”

“내가 아는 한 그는 세상에서 가장 강한 남자야.”

“네가 틀렸다. 도패군에게 상대도 되지 않았으니까.”

“그때는 그랬을지도 모르지. 어쩌면 앞으로도 무림최강은 되지 못할 수도 있고. 하지만 세은이는 이루려는 것을 절대 포기하지 않는 남자야. 무공의 강약을 떠나서 그런 남자가 가장 강하다고 생각해."

조철민이 천무백의 어깨를 두드렸다.

"그러니 네 자신을 믿어. 암기 따위를 믿지 말고."

*　　　*　　　*

천무백은 눈을 떴다. 황토색의 천장이 시야 가득 들어왔지만 그가 보는 것은 자신의 머릿속이었다.

우스운 노릇이다. 딱 한 번 봤을 뿐이고 그마저 오래 지켜보지도 못했다.

그런데 그 '아이'는 그날 밤 내내 그의 꿈속에 있었다.

어떤 모습이었고 무슨 내용이었는지 자세히 기억나지 않는다.

꿈이란 원래 그런 것이니까.

하지만 그 아이의 꿈을 꾼 것은 분명했고 막 잠에서 깬 지금도 얼굴이 생생했다.

'그러고 보니 이름도 모르는군.'

그 점이 아쉬운 게 또 우스워서 입가에 미소가 그려졌다.

처음 자신의 핏줄이 있다는 걸 알았을 때는 그 당혹스러움에 어쩔 줄을 몰랐다.

누구에게나 처음이라는 건 있는 법이지만 백서른 살이 훌쩍 넘어버린 지금, 첫 아들은 늦어도 너무 늦었다.

하지만 단지 하룻밤이 지났을 뿐인데 당혹스러움은 이상한 희열로 변해갔다.

자신의 아들이 있다는 것은 그의 삶 자체를 꽉 채워주는 것 같은 느낌이었다.

이것이 생식의 본능을 가진 동물로서의 감정이라고 해도 상관없었다.

다시 한 번 그 아이를 만나고 싶은 것이 천무백의 솔직한 심정이었다.

하지만 지금은 때가 아니라는 걸 잘 안다. 모든 일을 끝내면 그때 만날 수 있을 것이다.

천무백은 침대에서 벗어나 창문을 열었다. 이제 막 영글기 시작한 아침햇살을 품은 바람이 상쾌했다.

이런 기분을 느낄 수 있다는 게 선뜻 실감나지 않았다.

파천마였을 때, 그리고 황세은에서 다시 천무백으로 돌아왔을 때.

그는 세상이 온통 암흑이라고 생각했다. 그저 자신의 의무를 다하고 죽거나, 평생을 외롭게 살아야 하는 참회자.

그런데 지금은 달랐다 자식이 있다는 사실이 크게 작용했지만 그게 다가 아님을 알고 있었다.

비록 황세은의 삶에서 얻은 인연일지라도, 보석처럼 빛나는 그 인연들이 천무백의 인생에 희망이라는 걸 던져줬다.

"일어났어?"

문 밖에서 그 희망 중 하나인 조철민의 목소리가 들렸다.

그녀도 일찍 잠이 깨서 그가 일어나는 기척을 들은 모양이다.

"일각 후에 아래 식당에서 보자."

천무백은 씻고 옷을 갈아입은 후 일 층의 식당으로 내려갔다.

조철민은 아침인데도 놀랍도록 많은 양을 먹어치웠다.

"끄윽—!"

여자답지 않게 거한 트림을 한 그녀가 물었다.

"이제 설씨철방으로 가는 거야?"

천무백은 고개를 끄덕였다. 암기를 믿는다는 그녀의 말에 자존심 상해서 찾으러 가지 말까 생각도 해보았지만, 역시 마교와의 싸움은 자존심보다 중요했다.

"적명혈조를 정말 줄까? 당군위가 거짓말을 한 것일 수도 있잖아?"

"거짓말 같지는 않았다. 설사 거짓말이라고 해도 별 상관은 없고."

"하긴. 밑져야 본전이니까. 그럼 출발해 볼까?"

천무백이 일어서는 조철민에게 물었다.

"어디까지 함께 갈 생각이냐?"

"왜? 내가 귀찮아?"

"난 파천마로 돌아가야 할 것 같다. 네가 나와 함께 있으면 이상하겠지."

"그런가?"

잠시 생각하던 조철민이 말했다.

"그럼 네가 파천마가 될 때까지만 함께 있기로 하지."

천무백은 조철민을 봤다. 아마 짧은 동행이 될 것이다.

＊　　　＊　　　＊

설무우의 하루 일과는 언제나 똑같았다. 묘시(卯時:오전 다섯 시부터 일곱 시) 초에 일어나 세수를 하고 집 안을 청소한다.

간단하게 아침을 먹은 후에 대장간으로 가서 불을 지핀다.

동방현은 그리 큰 동네가 아니어서 손님은 많지 않아도 하루 종일 대장간에서 떠나지 않는다.

이웃에 사는 사람들은 십오 년이나 설무우를 봐왔지만 알 수 없는 사람이라고 고개를 갸웃 한다.

가족도 없이 홀로 사는 그는 쉬지 않고 일을 했다.

하루 종일 대장간에서 나오지 않았고 오지랖 넓은 옆집 사

람이 찾아가서 말을 붙여도, 백 마디에 한 마디 대꾸하면 그
날은 설무우가 수다를 떤 날이었다.

주변과 교류도 없고 대장간에만 틀어박혀 있는 설무우는
그래서 마을 사람들에게 두더지라고 불렸다.

아침에 잠깐 울렸던 망치질 소리는 멈추고 대장간은 고요
함을 품고 있었다.

문은 닫혀 있었기 때문에 안은 볼 수가 없었다.

다른 날과 다름없는 한적한 오후, 두 개의 그림자가 대장간
의 문에 드리워졌다.

"여긴가?"

천무백은 대장간을 훑어봤다. 세월의 힘에 밀린 간판의 글
자는 희미해 철(鐵) 자만 겨우 알아볼 수 있었다. 대장간에서
흔히 들리는 망치 소리도 없었다.

"들어가 봐야 알지."

조철민이 거침없이 대장간 문을 열고 발을 들여놓았다.

살짝 열린 창문으로 들어온 햇빛이 대장간의 어둠을 힘겹
게 밀어내고 있었다.

대략 스무 평 정도 되는 대장간 안에는 소 냄새가 가득했
다.

완성된 농기구 몇 개가 벽에 걸려 있고, 만들다 만 것들은
쇠로 만든 탁자 위에 놓여 있었다.

　그들은 대장간을 반도 훑어보기 전에 구석의 의자에 앉은 사람을 발견했다.

　유난히 좁은 어깨를 가진 사람은 머리가 하얗게 새서 노인이라는 걸 알 수 있었다.

　그들의 기척을 느꼈을 텐데 노인은 고개도 돌리지 않았다.

　"여기가 설씨철방인가?"

　천무백의 물음이 던져지고 나서야 노인이 느릿하게 고개를 돌렸다.

　깊게 패인 주름과 듬성듬성 난 수염, 짧은 인중이 노인을 볼품없는 사람으로 비치게 만들었다.

　"용건이 뭐요?"

　목소리에서 대장간의 망치질 같은 쇳소리가 났다.

　"설무우라는 사람을 찾는데."

　천무백은 품에서 용봉패를 꺼냈다.

　"이걸 보면 용건을 알 거야."

　용봉패를 본 주름진 노안이 살짝 꺼졌다.

　게으른 곰처럼 느리게 다가온 노인은 천무백이 든 용봉패를 살피다가 물었다.

　"이것뿐이오?"

　"당일당수당우. 이렇게 말하면 내게 뭔가를 줄 거라고 하더군."

노인의 입에서 소리 나지 않은 한숨이 새어 나왔다.

"오늘이 오면 많이 기쁠 줄 알았는데, 여느 날과 다를 바가 없군."

노인은 원래 있던 자리로 가서 앉았다.

"내일 화작산(華雀山) 중턱에 있는 선운당(鮮雲堂)으로 오시오."

화작산이 어딘지 모르지만 굳이 묻지 않았다. 저리 말하는 걸 보면 누구에게나 물어도 알 수 있을 장소이기 때문이다.

지금 당장이 아니라 굳이 내일이라는 시간을 정한 것이 마음에 걸리기는 했지만 천무백은 그냥 설씨철방을 나왔다.

"뭔가 꺼림칙한데?"

조철민도 의심스러운 모양이다.

"내일 가보면 알겠지."

"그냥 무작정 가겠다고?"

"넌 안 와도 좋다."

"흥! 절대 그럴 수는 없지."

예기치 않게 하루를 더 소비하게 되었다. 그들은 근처의 적당한 객잔을 찾았다.

아직 해가 많이 남았지만 어차피 하룻밤을 묵어야 했고 화작산의 위치도 알아야 한다.

예상한 대로 객잔 주인은 화작산의 선운당을 잘 알고 있었다.

그리 멀지 않아서 경공을 발휘하지 않아도 한 시진 거리밖에 되지 않았다.

갑자기 시간이 남아버렸는데 조철민이 술자리 제안을 했다.

내일 일이 있기는 하지만 술기운이 남으면 내공으로 몰아내면 그만이니 상관없었다.

오랜만에 술을 한잔하는 것도 괜찮을 것 같아서 그들은 낮술을 마셨다.

기억하기에 조철민은 그리 말이 많은 여자는 아니었다.

오히려 남자보다 과묵한 면이 있었는데, 그날은 거의 쉬지도 않고 재잘거렸다.

지나간 일을 조목조목 얘기하며 천무백의 기억력을 계속 시험했다.

물론 모두 기억하고 있었다.

처음 천무백으로 돌아왔을 때는 황세은의 기억이 완전하지 않았지만, 시간이 지나면서 황세은으로 살았던 시간들이 뇌리에 자리를 잡았다.

탁자 위에 술병이 하나둘 늘어나고 시간도 깊어져서 어느덧 밤이 되었다.

굳이 술기운을 몰아내지 않았기 때문에 술에 강한 천무백도 어지간히 취기가 느껴졌다.

거의 같은 양으로 대작을 한 조철민은 발음이 제대로 되지 않을 정도였다.

"이제 그만 쉬어야겠군."

"한 병만, 딱 한 병만 더 마시자."

"그만하는 게 좋겠다."

"사내자식이 치사하게… 꺼억—! 여자가 다시자는데 꽁무니를 빼다니."

피식 웃은 천무백은 조철민을 부축해서 이 층 방으로 데려다주었다.

그녀를 침대에 눕힌 후 바로 붙어 있는 자신의 방으로 돌아왔다.

침대에 눕자마자 술기운으로 인해 수면의 늪으로 빠져들었다.

하지만 얼마 자지는 못한 것 같다.

희미한 기척에 눈을 떴고 곧 누군가 문을 열고 있다는 걸 깨달았다.

천무백의 육신은 빠르게 잠의 잔재를 털어버렸다.

몸이 절로 반응해 공력을 끌어올리는데 굳이 그럴 필요가 없었다.

조용히 문을 열고 들어온 사람은 조철민이었다.

“깼어? 잠귀 밝네.”

“무슨 일이냐?”

“같이 자려고.”

너무 태연한 목소리에 순간 말뜻을 이해하지 못했다.

그녀는 자신의 말에 보충설명이라도 하는 것처럼 옷을 벗어 바닥에 아무렇게나 던졌다.

외투가 떨어지고 다음 옷을 벗기 위해 매듭을 풀 때 천무백이 말했다.

“그만해라.”

조철민의 손이 흠칫 멎었다.

“왜? 처음도 아니잖아.”

알고 있다. 하지만 그때는 황세은이었고 지금 그는 전혀 다른 사람이다.

“넌 내가 천무백이라는 사실을 인정하려 하지 않는구나.”

“난 인정할 수 없어. 넌 누가 뭐래도 황세은이야.”

침대에 걸터앉은 천무백은 가슴 앞의 매듭을 잡고 있는 조철민을 지그시 봤다.

“네 생각이 아무리 그렇더라도 내가 바뀌는 건 아니다.”

“무엇 때문에 굳이 천무백을 고집하는 거야? 파천마가 그리운 거야?”

그럴 리가 없다. 파천마라는 이름은 양심이라는 칼날로 그의 심장을 갈기갈기 찢어버리는 고통의 존재다.

하지만 그렇다고 오롯이 황세은으로 살아갈 수는 없었다.

그건 현실을 외면하는 것이고 자신을 용서하기 위한 기만일 뿐이다.

그가 비록 파천마라는 이름을 버리더라도 그 이름으로 지은 죄까지 사라지지는 않는다.

파천마로 살았던 천무백. 그 존재로 그동안 지은 죗값을 치러야 한다.

그렇기에 황세은으로서의 삶은 그에게 과분하다.

"난 황세은으로 살 수 없다. 그건 절대 변하지 않을 것이다. 그러니 너도 날 황세은으로 여기는 건 그만둬라."

하지만 그녀는 물러나는 대신 천무백에게 다가왔다.

"넌 황세은이야. 내가 좋아하는, 아니, 사랑하는 황세은. 그건 절대 변하지 않아."

그녀는 다가오면서 매듭을 풀었고 옷을 벗었다.

아담한 가슴을 가리고 있는 하얀색 젖가리개가 드러났다.

천무백이 기억하기로 그녀는 이처럼 적극적인 여자는 아니었다.

처음 관계를 맺었을 때도 그저 장난처럼, 귀찮은 것을 던지는 듯 그렇게 하룻밤을 보냈었다.

조철민이 지금 이럴 수 있는 건 다분히 술의 힘을 빌어서일 것이다.

술이 깨면 자책하며 자신의 머리를 두드릴지도 모른다.

옷을 반쯤 벗은 여자가 유혹을 하자 천무백도 욕정이 일었다.

백서른 살을 넘겼다고 해도 육체는 이제 갓 스물 남짓일 뿐이다.

없는 구멍도 뚫어서 만들 나이인데 하물며 젊은 여인이, 그것도 좋아하는 여자가 살색 가득한 몸으로 앞에 서 있으니 하초가 꿈틀거리는 건 당연했다.

그러나 천무백은 여전히 차가운 표정으로, 조금의 흐트러짐 없이 말했다.

"돌아가라. 널 품을 생각은 추호도 없으니."

음성이 무척이나 냉정했던 모양이다. 젖가리개를 풀려던 그녀의 손이 멎었고 몸도 굳어졌다.

천무백은 내쳐 무감정한 목소리를 던졌다.

"내게 황세은을 덧씌우려는 네 생각은 부질없다. 난 천무백이다. 파천마였던 천무백."

"꼭 그렇게 해야 해? 좋아. 자신을 천무백이라고 믿는다고 치자. 그래서? 나하고 한번 잘 수도 있잖아. 예전처럼."

"싫다. 황세은은 그럴 수 있지만 난 싫다."

조철민은 아랫입술을 지그시 깨물었다. 너무 세게 물어서 하얗게 탈색된 입술은 금방이라도 피를 뿜어낼 것 같았다.

"결국 내가 싫다는 거네. 그렇지?"

천무백은 대답하지 않았다. 아니라고 솔직하게 얘기해 주고 싶었지만 헛된 희망은 조철민에게 좋을 게 없었다.

그녀는 바닥에 떨어진 옷을 들고 방을 나갔다. 그녀가 이대로 사라진다면 아마 아쉬울 것이다.

그래도 천무백은 이 선택을 해야 한다.

황세은으로 살아가는 건 끈질기게 그를 괴롭히고 있는 양심이 허락하지 않았다.

그는 황세은으로서의 행복을 누릴 자격이 없는 자였다.

아직은…….

第五十九章　여심(女心)

破天魔

파천마

밤의 찬 기운이 조금은 취기를 몰아냈다. 조철민의 입가에 쓴웃음이 그려졌다.

술의 힘을 빌리고도 혼신의 용기를 다해 옷을 벗었는데 보기 좋게 거절당하고 말았다.

"젠장!"

욕설을 뱉은 그녀는 하늘을 보았다. 달을 둘러싼 짙은 달무리가 노인의 눈에 낀 백태 같았다.

우울했다. 하루가 일 년 같은 시간을 일 년이느 보내다 만난 사람인데, 그는 딴 사람이 되어 있었다.

　예전의 그로 되돌리기 위해서 오글거림을 참으며 노력했건만 그는 여전히 돌아오기를 거부했다.

　미인계라는 최후의 방법도 실패해 버렸다.

　황세은은 정말 황세은이 아닌 천무백으로 살아가려 다짐을 한 모양이다.

　'그럼 난 어떻게 되는 거지?'

　어디로 날아갈지 몰라 불안에 떠는 끈 떨어진 연이 된 느낌이었다.

　모두가 잠든 객잔의 뒤뜰에서 한참을 서성이던 조철민은 방으로 돌아가기 위해 몸을 돌렸다.

　두 발짝. 그리고 멈췄다. 지금 자신의 기분이 어떤지 깨닫고 스스로 놀란 것이다.

　그녀는 포기하고 있었다. 최후의 방법까지 썼는데 천무백을 황세은으로 돌리지 못했으니 그만 포기해야 한다는 생각이 들었다.

　하지만 생각만 그럴 뿐 가슴은 아직도 간절히 황세은을 원하고 있었다.

　지금의 그가 자신의 생각에 천무백이든 파천마든 중요하지 않다.

　황세은의 기억을 가지고 그의 얼굴을 하고 있다면 그는 황세은이다.

천무백으로 회귀해 그녀에게서 멀어지고 있다는 생각만으로 견딜 수가 없었다.

지난 일 년 동안 미친 것이나 다름없이 황세은에게 매달렸던 것처럼 지금도 그렇게 해야 한다.

황세은이 자신을 천무백이라고 생각하고 그렇게 행동하고, 또 그리 믿어도 조철민은 인정해서는 안 된다.

그 순간 황세은을 포기하는 게 되기 때문이다.

일 년을 기다리다 만났으니 다시 일 년은 더 노력해야 한다.

정 안 되면 그때 포기해도 늦지 않다.

"잠이 올 것 같지 않군."

그녀는 초점 없는 시선으로 허공을 보고 있다가 객잔을 나섰다.

잠도 오지 않는데 침대에 누워 있는 게 고역이라는 건 이미 많은 날을 경험해서 잘 알고 있었다.

이럴 때는 뭐라도 해야 한다. 다행히 그녀에게는 해도 되는 일이 존재했다.

화작산 선운당.

황세은은 함정 따위는 대수롭지 않게 생각하는 모양이지만 조철민은 달랐다.

만약 선운당에 함정이 설치되었고 그 주체가 마교라면 아무리 황세은이라도 가볍게 생각할 일이 아니었다.

황세은이야 일 년 동안 무림을 떠나 있어서 실감하지 못할 뿐, 마교는 현재 무림을 지배하고 있는 사상최강의 단체다.

삼백 년 전의 마교가 얼마나 대단했는지 경험해 보지 못해 알지 못하지만 지금만큼 대단하지는 않았을 거라는 게 그녀의 생각이었다.

설사 지금 황세은이 파천마의 무공을 지니고 있다 하더라도 마교를 이길 수 있는 확률이 그리 높지 않을 것이다.

그래서 그저 자신만 믿는 황세은을 대신해 만에 하나를 걱정하는 그녀가 현장답사를 해볼 생각이었다.

밤중에 산을 올라가는 건 범인에게야 어려운 일이지 귀찮은 것만 빼면 아무것도 아니었다.

조철민은 부지런히 달려서 화작산의 초입에 도착했다.

반 시진 정도 달렸더니 술기운은 완전히 달아났다. 그러자 슬그머니 '그냥 돌아갈까?'라는 생각이 들었다.

귀찮기도 했고 지금 이대로 침대로 가면 잠도 잘 올 것 같았다.

하지만 여기까지 와서 발길을 돌리는 것도 우스운 노릇, 그녀는 화작산으로 오르는 길을 밟았다.

산세는 험하지 않았으나 숲이 우거져서 편한 길은 아니었다.

　그녀는 산책을 하듯 쉬엄쉬엄 올라갔다. 혹시 몰라서 가고는 있지만 특별히 위험할 것이라는 생각은 하지 않았다.

　어제 설씨철방을 갔으니 함정을 파기에는 너무 촉박한 시간이다.

　황세은도 그걸 알기에 그리 느긋했을 것이다.

　"아무것도 없으면 나만 바보가 되는 건가?"

　조철민은 긴 한숨을 쉬었다.

　그녀의 인생은 극명하게 두 구간으로 나뉜다.

　황세은을 만나기 전과 그 후.

　전반부 그녀의 인생은 평탄했다. 치열했고 무공에 목숨을 걸기는 했지만 아주 단순해서 한 가지만 생각하면 되었다.

　그런데 황세은을 만난 후에 비로소 인생의 격랑이 찾아왔다.

　그녀에게 전혀 익숙하지 않은 일들이 연이어 벌어졌으며, 낯선 감정들은 조철민을 여느 여자나 다름없는 존재로 만들어 버렸다.

　그래서 여느 여자처럼 사랑하는 남자와 행복하게 오순도순 살면 참 좋았을 텐데, 빌어먹게도 감정만 여느 여자와 같을 뿐 상황은 지랄 맞게 돌아갔다.

　몸 고생, 마음고생. 고생이란 고생은 다 하다가 지금은 깊은 밤에 산중을 헤매고 있는 처지다.

"고생 끝에 낙이 온다는데, 과연 올까?"

중얼거림 끝으로 한숨이 절로 나왔다. 산을 올라가는 사이 자신이 왜 여기까지 왔는지는 희미해졌다.

그래서 경계심은 사라졌고 이젠 산중을 산책하는 기분이 었다.

"미친년이 따로 없네."

그럼에도 발길을 돌리지 않고 터벅터벅 올라간 끝에 선운당에 당도했다.

산중의, 길도 사라져 버려 관리가 되지 않는 사당답게 선운당은 금방이라도 무너질 것 같은 행색을 하고 있었다.

지붕의 기왓장은 반쯤 날아갔고 벽에도 구멍이 숭숭 뚫렸다.

산짐승조차 집으로 삼기에 부족할 정도의 모습이었다.

하지만 예전에는 제법 많은 사람이 찾았을 법하게 규모는 꽤 컸다.

이끼 끼고 무너진 벽은 한 면이 십 장을 넘었으며 건물도 세 채나 되었다.

주변을 한 바퀴 빙 둘러본 조철민은 담 안쪽으로 발을 들여놓았다.

이쯤에서 그냥 돌아가도 되겠지만 뭐든 철저하게 하는 게 그녀의 버릇이었다.

그것이 비록 무의미한 걸음이라도 말이다.

조철민은 품(品) 자 형태로 자리는 건물의 맨 앞에 선 사당으로 들어갔다.

목이 잘려 나간 정체를 알 수 없는 조각상과 거의 지워진 벽화들이 희미하게 남아 있었다.

원래 사당의 향기를 풍기는 것들보다는 거미줄이며 산짐승들의 마른 변이 훨씬 진한 흔적을 남겼다.

퀴퀴한 냄새도 나고 해서 그녀는 콧잔등을 찌푸렸다.

설무우가 왜 굳이 이런 곳에서 적명혈조를 넘겨준다는 것인지 이해할 수 없었다.

순간 조철민은 머리끝이 쭈뼛 서는 듯한 기분을 느꼈다.

굳이 이런 곳에서 적명혈조를 준다는 건 그만한 이유가 있을 것이다.

이곳에 적명혈조를 숨겨 놓았을 수도 있지만, 굳이 그럴 만한 이유를 찾을 수 없었다.

남의 눈을 피하기 위해서라는 예상도 설득력이 떨어진다.

알려진 바로 적명혈조는 고작 손바닥 크기의 암기다.

주려고 한다면 대장간에서 슬쩍 찔러 넣어도 그만이다.

함정을 팔 시간이 없다고 안심을 했지만 닥상 선운당에 와 보니 그 가능성이 가장 높아 보였다.

그녀는 습관적으로 등 뒤로 손을 가져갔다가 검을 놓고 왔다는 걸 깨달았다.

황세은과의 재회 후 멍청한 짓의 반복을 하고 있었다.

충동적으로 객잔을 나와 향했던, 그래서 산책과 같은 가벼운 걸음이 이젠 밤의 숲속처럼 팽팽한 긴장으로 바뀌었다.

조철민은 전신의 공력을 끌어올려 주변을 살폈다. 그런 그녀의 이목에 무엇인가 걸렸다.

나뭇잎이 바람에 몸을 부비는 것 같은 옅은 소리는, 그러나 인기척이라는 걸 알아차릴 수 있었다.

그녀가 사당의 입구를 향해 몸을 돌릴 때 갑자기 바닥이 꺼졌다.

그저 조철민이 서 있는 그 좁은 공간이 아니라 사당의 바닥이 통째로 양분되었다.

놀란 그녀는 황급히 몸을 날렸다. 양쪽으로 갈라진 그 순간 아주 작은 반발력밖에 얻지 못했지만 천장까지 뛰기에는 충분했다.

그러나 함정은 단지 바닥이 갈라지는 것으로 끝나지 않았다.

취리릭—!

구멍이 숭숭 뚫린 천장에 기관장치가 되어 있으리라고는 생각조차 하지 못했다.

거미줄 가득한 천장에서, 부서진 기왓장 사이에서 한 뼘이

넘는 강침이 그녀를 향해 쏟아졌다.

웬만한 암기야 호신강기를 뚫지도 못하겠지만, 지금 쏘아지는 암기는 맨몸으로 맞기에는 너무 위험했다.

짜악—!

공력을 부풀려 겉옷을 단숨에 양분한 조철민은 그것을 양손에 잡고 휘둘렀다.

쇠막대만큼이나 단단해진 옷은 강침을 사방으로 쳐 냈다.

하지만 그 때문에 애써 얻은 반발력은 사라지고 천장을 뚫고 나가겠다는 계획도 수포로 돌아갔다.

천장 바로 아래서 멈춰 버린 그녀의 신형은 어쩔 수 없이 추락했다.

입을 쩍 벌린 바닥 아래는 깊은 구멍이었다. 칠흑 같은 어둠 속으로 떨어지는 사이 사당의 바닥은 다시 닫히고 머리 위에서 철컹거리는 쇳소리가 울렸다.

단 한 점의 빛조차 허락되지 않은 공간은 순간적으로 그녀의 시각을 앗아가 버렸다.

그녀는 갑작스럽게 찾아올 충격에 대비해서 감각을 최고로 끌어올렸다.

뭔가 발에 느껴지는 순간 무릎에 올 충격에 대비했다.

풍덩!

조철민이 떨어진 곳은 물이어서 충격은 심하지 않았다.

물은 허리 높이밖에 되지 않았다.

얼음처럼 차가운 물은 맨 바닥보다 더 기분이 나빴다.

품속에 손을 넣은 그녀는 화섭자조차 지니지 않았다는 걸 깨달았다.

소위 검사가 검도 휴대하지 않았을 뿐더러 무림인의 필수품이라고 할 수 있는 화섭자도 잊어버렸다.

그야말로 이런 함정에 빠져도 싼 행동은 모두 한 것이나 다름없었다.

빛 한 점 들어오지 않았지만 희미하게나마 주변을 볼 수는 있었다.

조철민이 빠진 구덩이는 대략 사당의 바닥 면적과 비슷했다.

고개를 들어 가늠한 높이는 대략 십 장 남짓 되어 보였다.

벽은 돌을 쌓아 만들어서 곳곳에 빈 공간이 있었다.

저 정도의 공간이면 손발을 넣어 지탱하기에 충분했다.

그녀는 물을 헤치고 나아가 벽 틈 사이로 손을 집어넣었다.

그런데 뭔가 꿈틀거리는 게 손가락에 걸렸다. 깜짝 놀라 손을 빼는데 뭔가가 튀어나왔다.

조철민은 그 '뭔가' 를 육안으로 확인하기도 전에 손으로 쳐 냈다.

일단 딱딱한 느낌이었고 손에 맞아 날아가는 '그것' 을 뒤늦게 눈으로 확인한 조철민은 소름이 끼쳤다.

벽에 부딪쳐 떨어진 그것은 벌레였다.

그녀를 감싸고 있는 어둠보다 더 짙은 검은색을 띤 벌레는 지금까지 한 번도 본 적이 없는 생물이었다.

두 개의 긴 촉수는 주먹만큼 큰 몸통보다 길었고 열두 개의 다리는 지나치게 짧았다.

조철민에게 맞고 바위에 부딪쳤는데도 물 위에서 파닥파닥 움직이는 것을 보니 껍질은 돌보다 단단하다는 걸 알 수 있었다.

등껍질이 얇게 분리되는 건 날개를 가졌다는 뜻이다.

여느 여자들만큼 호들갑스럽게 벌레를 싫어하는 건 아니지만, 지금 쳐 낸 벌레는 여타의 그것들보다 훨씬 끔찍했다.

따닥! 따닥!

벌레에게서 이상한 소리가 났다. 자세히 보니 촉수 아래에는 게의 집게발처럼 생긴 이빨이 자리해 있었다.

수면에 뜬 벌레가 기분 나쁜 소리를 내자 그에 흐응하듯 차츰 같은 소리가 사방에서 들렸다.

조철민은 급히 주변을 둘러보았다.

따닥! 따닥! 따닥!

연신 그 소리가 울리며 돌 틈 사이에서 벌레들이 하나둘 모습을 드러냈다.

모두 같은 색깔 같은 모양을 한 벌레들은 금세 벽을 새까맣게 뒤덮었다.

아무리 그녀가 강심장을 가졌더라도 소름이 끼칠 수밖에 없는 광경이었다.

구멍에서 나온 벌레들은 집게 같은 이빨을 부딪쳐 쉴 새 없이 날카로운 소리를 만들어냈다.

뒷다리로 몸을 지탱하고 몸의 대부분을 구멍의 바깥으로 꺼내 끄덕거리는 녀석들의 의도가 무엇인지 궁금했다.

금방이라도 아래로 떨어져 그녀에게 달려들 것 같은 몸짓이었다.

어쩌면 그녀를 함정에 빠뜨린 자의 명령을 기다리고 있는지도 모른다.

만약 그렇다면 실로 고약한 함정에 빠져 버렸다. 벌레를 조종할 수 있다는 것만으로 상대하기 까다롭다는 조건은 충분했다.

끼이익—!

저 위쪽에서 귀에 거슬리는 소리가 들리더니 희미한 빛이 들어왔다.

곧 들어오는 빛의 양이 감소한 것은 머리가 나타났기 때문이다.

역광 때문에 얼굴은 자세히 확인할 수 없었다.

"황세은을 잡으려던 덫에 꽃사슴이 걸렸군."

역시 목표는 그녀가 아니었다.

"넌 누구냐?"

"황세은에게 받을 빚이 많은 사람이지."

그것만 가지고는 충분한 대답이 되지 못했다.

"함정에 빠진 사람에게 자신의 정체도 밝히지 못하는 새가슴이로군."

"후후후… 격장지계라. 좋아, 넘어가 주기로 하지. 본래 적명혈조의 주인이 바로 나다."

저 말 그대로라면 적명혈조의 주인은 당군위다. 하지만 당군위가 죽었으니 남은 사람은 한 명일 수밖에 없다.

"당배웅?"

"이제 그 아래에 있는 처자의 정체를 밝혀보실까?"

조철민은 어금니를 지그시 깨물었다.

이 함정을 만든 자가 마교라면 최악이라고 생각했는데, 당배웅이라도 마교보다 나을 게 없었다.

독과 암기의 대명사인 사천당문의 함정에 빠졌으니 최악의 상황을 염두에 둬야 한다.

"조철민."

그녀는 굳이 자신의 정체를 숨기지 않았다. 낙일검문의 이름이 자신을 지켜줄 수도 있다는 약간은 비겁한 기대도 가졌다.

조철민이라는 이름이 의외였던 듯 침묵을 지키던 당배웅이 말했다.

"어쩌다가 낙일검문의 영애께서 황세은 같은 도둑놈과 동행을 하셨을까? 후후후… 어쨌든 대어가 걸렸군."

내용이나 말하는 투나 낙일검문이라는 이름이 이익이 될 것 같지는 않았다.

"지금 조 소저를 둘러싸고 있는 녀석들은 철갑충(鐵甲蟲)이라는 녀석들이오. 이름처럼 단단한 껍질을 가졌을 뿐 아니라 내 가문에서 손을 좀 봐서 약간의 독도 있소."

물론 말처럼 약간은 아닐 것이다.

"황세은이 빠졌다면 망설이지 않고 공격 명령을 내리겠지만 조 소저가 안에 있으니 이것 참 난감하구려."

"흥! 내가 벌레 따위에게 죽을 것 같으냐?"

"역시 소문대로 기개는 대장부 뺨치는구려. 그럼 어디 당해보시구려."

머리가 사라지고 그 자리를 날카로운 소리가 차지했다.

피리를 부는 것 같은 소리가 울림과 동시에 철갑충이 이빨 부딪치는 소리를 멈췄다.

갑작스런 정적은 폭풍전야의 불안함 같았다.

조철민은 공력이 들어가 빳빳해진 옷을 양손에 들고 사방을 주시했다.

파라라락—!

수백, 수천 마리의 철갑충이 일제히 날갯짓을 했다.

벽에 붙어 있을 때도 끔찍했지만 그것들이 날아오르자 온몸에 소름이 돋았다.

피리에 반응한 철갑충은 조철민을 정확히 적으로 인식하는 것 같았다.

조철민을 향해 달려드는 철갑충은 한겨을 매섭게 내리는 검은색의 눈발처럼 보였다.

조철민은 어금니를 깨물고 양손에 쥔 옷을 어지럽게 휘둘렀다.

비록 검보다는 못하지만 상승의 경지에 이른 조철민이다.

설사 천으로 만들어졌다 할지라도 여느 일류고수가 검으로 펼치는 것 못지않은 위력을 뿜어냈다.

까다다다닥!

옷에 부딪친 철갑충이 날아갔고 어떤 것들은 산산조각으로 부서졌다.

하지만 죽은 것들은 얼마 되지 않았다.

날아가서 벽에 부딪친 철갑충은 몸을 추스른 후 다시 공격을 들어왔다.

사용하는 무기가 천이었기에 공력을 모두 끌어올릴 수 없었다.

만약 그랬다가는 옷은 먼지로 부서져 버릴 것이다.

적당한 공력을 배분해 강철처럼 단단하게 만들면서 그것으로 무공을 펼치는 건 말처럼 쉽지 않았다.

검을 사용하는 것보다 몇 배는 더 어렵고 신경 쓰이는 일이었다.

날아오는 철갑충을 쳐 내고 있는데 종아리에 따끔한 느낌이 전해졌다.

처음에는 대수롭잖게 여겼다. 이런 격렬한 움직임에서 감각의 착각은 종종 일어나는 일이기 때문이다.

그런데 시간이 지나면서 그저 착각이 아니라는 걸 알 수 있었다.

따끔함을 느낀 왼쪽 다리에 점점 감각이 사라져 갔다.

조철민은 물 밖으로 훌쩍 뛰어오르면서 왼쪽 다리를 봤다.

그녀의 종아리에는 한 뼘이나 되는 거머리가 붙어 있었다.

온통 검은 색의 거머리는 이미 피를 잔뜩 빤 것처럼 통통했다.

철갑충도 징그럽지만 다리에 붙은 저 거머리에 비하면 애완동물 수준이었다.

"이익—!"

자신도 모르게 비명 같은 기합을 지른 조철민은 옷을 휘둘러 거머리를 때렸다.

출렁!

몸통은 종아리에서 떨어졌다. 하지만 눈에 선명하게 보이는 빨판은 여전히 그녀의 종아리에 붙어서 떨어지지 않았다.

다시 한 번 거머리를 향해 옷을 휘둘렀다. 이번에는 더 강력했고 정확히 머리를 노렸다.

퍽!

거머리가 돼지의 방광처럼 터지며 붉은 피를 사방으로 퍼뜨렸다.

너무 세게 쳤는지 감각이 희미해진 다리에서 둔중한 통증이 느껴졌다.

그녀가 거머리를 떨치는 사이 다섯 마리의 철갑충이 방어막을 뚫고 들어와서 가슴과 배, 옆구리, 등에 달라붙었다.

녀석들은 다리를 조철민에게 붙이자마자 집게 같은 이빨을 박았다.

"큭!"

쇠붙이가 파고든 것과는 비교할 수 없는 아릿한 통증이 느껴졌다.

조철민은 왼손으로 몸에 붙은 철갑충들을 떼어냈다. 쉽게 떨어지지 않을 것이라는 건 알고 있었지만, 한 번 물자 두꺼운 매듭이 있는 다리까지 살 속을 파고들었다.

그녀는 이를 악물고 철갑충을 잡아당겼다.

찌익―! 하는 소리는 그녀의 살이 찢어지며 나는 소리였다.

다섯 마리를 떼어내는 사이 세 마리가 더 달라붙었고, 그 세 마리를 떼어내는 사이 또 두 마리에게 물렸다.

철갑충을 겨우 다 떼어냈을 때 그녀의 온몸은 피투성이가 되어 있었다.

검만 가져왔어도 이처럼 당하지는 않았을 것이다.

하지만 검이 없다고 이따위 벌레에게 죽는다면 조철민이라는 이름이 부끄럽다.

물속이 아닌 벽에 붙어서 천을 휘두르던 조철민은 지니고 있는 모든 공력을 끌어올렸다.

낙일검문이 검으로 위력을 떨친다고 검법만 존재하는 건 아니다.

어떤 문파나 성명무기를 사용하는 것 외에도 강력한 무공이 존재하듯 낙일검문은 설산장(屑山掌)이라는 장공을 가지고 있었다.

산을 가루로 만든다는 이름이 부끄럽지 않을 정도의 위력은, 그러나 치명적인 단점이 존재했다.

빛이 밝으면 그만큼 짙은 그늘이 드리우듯 설산장은 강한 만큼 내공의 소모가 심했다.

하지만 지금은 나중을 생각할 때가 아니었다. 일단 눈앞의 철갑충을 처치하는 게 급선무였다.

공력이 최고조로 끌어올려지자 그녀의 동작이 멈췄다.

철갑충들이 일제히 조철민에게 달라붙었다.

순간 그녀의 팔이 양쪽으로 쭉 펴지면서 장력이 뻗어 나갔다.

쾅! 쾅! 쾅! 쾅!

사방으로 뻗어 나간 장력은 비단 손바닥이 향한 곳에만 충격을 준 게 아니었다.

지하실 안은 그야말로 풍비박산이 났다. 꺼진 바위는 사방으로 비산했고 솟구친 물은 단단한 것에 부딪쳐 유리처럼 깨졌다.

몸에 붙어 있던 철갑충도 그녀가 일으킨 기의 폭풍에 휩쓸려 떨어져 나갔다.

조철민은 거기서 멈추지 않았다. 한 번 일으킨 공력이었고 다시는 이런 힘을 발휘하지 못할 것이다.

그녀는 양팔을 위로 쭉 뻗었다.

콰우우웅—!

사방을 날아다니던 바위와 물줄기, 철갑충까지 일제히 위로 솟구쳤다.

조철민이 일으킨 거센 폭풍우는 한참 동안이나 이어졌다.

치솟은 돌멩이와 물이 떨어지고 벽이 붕괴되는 일련의 과정은 작은 지진을 보는 것 같았다.

조철민은 아직도 떨어지고 있는 바위들을 뚫고 몸을 숏구
쳤다.

그녀가 발출한 설산장으로 인해 천장도 무너졌으니 가로
막는 건 없었다.

단 한 번의 도약으로 그녀를 가두고 있던 지하감옥에서 벗
어났다.

하지만 진짜 위험은 지하감옥에 있지 않았다.

쉬릭!

옅은 소리와 함께 뭔가가 그녀를 덮쳤다. 눈으로 확인하는
순간 바로 손을 뻗었다.

조철민을 향해 날아온 것은 그물이었다. 사천당문에서 쓰
는 것이니 평범한 그물은 아닐 것이다.

장력은 그물을 왔던 곳으로 되돌려 보냈다. 장력과 그물이
부딪친 힘을 이용해 몸을 뒤로 이동하는데 등에 뭔가가 부딪
쳤다.

화들짝 놀라 돌아서려고 했지만 뭔가가 그녀의 몸을 꽉 조
였다.

곧 그것이 방금 그녀가 밀쳐낸 그물과 같은 것이라는 걸 알
았다.

앞의 것은 단지 그녀의 주의를 끌기 위한 것이었고 진짜는
소리없이 다가와 조철민을 덮친 것이다.

　황급히 공력을 끌어올려 벗어나려고 했지만 그물은 그럴수록 더욱 옥죄어서 살을 파고들 것 같았다.

　허공에서 끌어당겨진 그물은 그녀를 바닥에 거칠게 내동댕이쳤다.

　조철민이 떨어진 곳은 품자 형의 세 개 건믈 중간쯤의 뜰이었다.

　"발버둥 쳐 봐야 소용없소."

　당배웅의 옅은 그림자가 조철민 몸 위에 드리웠다.

　그녀는 그물을 끊기 위해 계속 힘을 줬지만 고통만 더할 뿐이었다.

　검만 지니고 있었어도 이런 꼴은 당하지 않았을 텐데, 자신의 부주의함이 분하고 원통했다.

　"죽여라."

　"소저를 죽인다고 내게 무슨 이득이 있겠소? 오히려 살려두는 것이 백배는 더 이득이지."

　"날 이용해서 황세은을 잡겠다는 생각이라면 그 계획은 접는 게 좋을 것이다."

　"이유가 무엇이오?"

　조철민은 아주 낮은 음성으로 말했다.

　"그는 예전의 그가 아니기 때문이다."

*   *   *

천무백은 조철민의 검을 들고 밖으로 나갔다. 아침부터 객잔과 근처 곳곳을 돌아다녔지만 그녀의 흔적을 발견할 수가 없었다.

침대의 온기로 봐서는 방을 떠난 지 오래되었고, 분신 같은 검을 두고 나갔다는 건 충동적인 외출을 한 게 분명하다.

다른 여인 같으면 납치도 생각해 보겠지만 조철민에게 납치라는 단어는 어울리지 않았다.

어젯밤 그에게 거부당한 뒤로 객잔을 나간 게 틀림없었다.

어쩌면 선운당을 살피기 위해 갔는지도 모른다.

그것이 은근히 걱정스러운 천무백이었다.

함정일 가능성이 존재하는 곳을 검도 없이 갔는데 아직 오지 않았다는 건, 무슨 일이 생긴 게 틀림없었다.

'함정일지도 모른다는 걸 확실히 말해두는 건데.'

대수롭잖게 생각해서 아무 말도 하지 않은 게 후회가 되었다.

천무백은 선운당으로 갔다. 꽤나 서둘렀기 때문에 고작 일각 남짓 만에 도착했다.

아니나 다를까, 선운당은 싸움을 한 흔적이 뚜렷하게 남아 있었다.

품자 형으로 자리한 첫 번째 건물 안을 봤다.

원래 건물 바닥은 사라졌고 그 아래 지하실 같은 곳에는 물이 고여 있었다.

사방으로 어지럽게 흩어진 돌덩이 사이에는 이름을 알 수 없는 벌레들의 시체가 수북했다.

발길을 돌린 천무백은 뜰 가운데서 이상한 흔적을 찾아냈다.

정강이까지 자란 잡초가 흐트러져 있는데 영락없이 사람이 몸부림을 친 흔적이었다.

풀잎에 간간이 피가 섞여 있는 게 마음에 걸렸다.

그는 천천히 걸음을 옮겨 나란히 선 두 채의 건물 중 왼쪽으로 들어갔다.

천무백의 체중을 받은 바닥이 삐거덕거리는 비명을 질렀다.

사방에 쳐진 거미줄과 발자국을 선명하게 만드는 두꺼운 먼지. 오랫동안 사람이 출입하지 않은 흔적이 역력했다.

천무백은 주위를 살피며 안쪽으로 천천히 걸음을 내딛었다.

그가 사당의 중앙쯤에 이르렀을 때였다.

덜컹!

갑자기 바닥이 밑으로 꺼졌다. 그와 동시에 천장에서 강침이 폭우처럼 쏟아졌다.

누구나 놀랄 수밖에 없는 갑작스러운 함정이었지만 천무백에게는 그 함정이 자연스러웠다.

이런 함정이 없었다면 오히려 더 놀랐을 것이다.

무언가 있을 것이라는 걸 이미 예상하고 있었기에 반응은 빨랐다.

바닥이 꺼지기 전에 얻은 반탄력은 몸을 높이 띄우기에 충분했고, 암기는 위로 솟구치는데 방해가 될 수 없었다.

어느새 꺼낸 검이 강기막을 만들어 한 뼘 길이의 강침을 우수수 퉁겨냈다.

지붕을 뚫고 나온 천무백이 뜰의 중앙으로 내려서는데 무언가가 덮쳤다.

물고기를 잡는 검은색의 그물은 완벽한 원형을 만들며 날아왔다.

천무백은 가볍게 검을 횡으로 그었을 뿐이다.

차악—!

그물은 물론이고 오 장 멀리 떨어진 곳에서 그물을 날렸던 자의 가슴도 함께 갈라졌다.

곧바로 돌아선 천무백은 다시 한 번 검을 휘둘렀다.

뒤쪽에서 아무 소리도 없이 그물이 덮쳤지만, 대기의 파동만으로 공격이 들어온다는 걸 알고 있었다.

이미 한 번 걸렸던 그물과 사람인데 두 번째라고 안 될 리가 없었다.

"큭!"

그물을 던질 때와는 달리 중년의 사내는 비명을 지르며 쓰러졌다.

한 번의 습격이 끝나기 무섭게 옅은 진동이 발바닥에 느껴졌다.

천무백은 입가에 조소를 머금었다.

이미 그의 오감은 인간의 한계를 벗어났다

이런 종류의 암습이 통할 상대가 아니라는 걸 알지 못하는 상대가 가소로웠다.

천무백의 오른쪽 다리가 한 자 정도 들리더니 빠르게 떨어졌다.

쿠웅―!

진각은 천무백의 발 주변으로만 옅은 먼지를 피워 올렸다.

하지만 그것은 겉으로 드러난 현상일 뿐 땅 속은 달랐다.

갑자기 사방 오 장 거리의 땅거죽이 치솟았다.

"커억!"

먼지와 비명, 그리고 사람들이 튀어 올랐다.

용수철에 의해 쏘아진 듯 높이 치솟은 자들의 입에서는 하나같이 피화살이 뿜어져 나왔다.

무려 스물네 명의 사내는 암습을 하려다가 천무백의 진각 한 번에 몰살을 당해 버렸다.

시체들이 모두 땅에 떨어지고 먼지가 가라앉을 즈음 천무백의 입이 열렸다.

"괜한 시간 낭비는 하지 않는 게 좋겠군."

짝! 짝! 짝! 짝!

끊어 치는 박수 소리와 함께 건물 뒤쪽에서 한 사람이 나타났다.

서른을 넘긴 듯 보이는 사내의 얼굴에서 천무백은 쉽게 당군위를 떠올렸다.

당군위가 젊었을 적에는 저와 비슷한 용모였을 테니, 나타난 사내가 누군지는 쉽게 짐작할 수 있었다.

당배웅.

이곳에 함정을 판다면 마교보다는 사천당문이 더 유력했다.

적명혈조의 원래 주인이 사천당문이었을 뿐더러 이곳은 사천성이다.

저곳에 당배웅이 있는 건 어쩌면 당연한 일이었다.

"일 년 만에 나타난 적운협의 무공이 소문으로 들었던 것보다 더 대단하군."

당배웅과 함께 주변에 매복하고 있던 자들이 모두 모습을 드러냈다.

저마다 손에 원통을 들고 있었는데 예전에 마수령이 상대했던 천하십대병기 중 하나인 폭침만우와 비슷했다.

저들이 가지고 있는 것이 모두 폭침만우라고 해도 상관없었다.

황세은이라면 모를까 천무백으로 돌아온 이상 암기 따위는 절대 그를 해치지 못한다.

"조철민은?"

"안전하게 모시고 있지."

"부상을 당한 것 같던데."

"무가의 자식에게 상처가 무어 그리 대순가?"

"조철민을 죽이지 않은 건 나 때문이겠지?"

당배웅은 웃으면서 고개를 끄덕였다.

"얘기를 질질 끌지 않겠다니. 좋아. 마음에 드는군."

당배웅이 손을 들자 건물 뒤쪽에서 설무우가 나왔다. 그의 손에는 손바닥 두 개 크기의 상자가 들려 있었다.

당배웅이 턱짓을 하자 설무우가 상자를 가지고 천무백에게 다가왔다.

설무우는 말없이 상자를 건넸다.

천무백이 상자를 받자 설무우가 말했다.

"난 약속대로 적명혈조를 줬소."

상자 안에 든 게 적명혈조인 모양이다.

당배웅이 원하는 것이 적명혈조가 분명한데, 설무우가 이리 쉽게 건네준다는 게 이해가 가지 않았다.

천무백은 상자를 받았다.

설무우가 가는 한숨과 함께 입을 열었다.

"내 말을 듣지는 않겠지만 그래도 충고 하나 하리다. 적명혈조는 무엇과도 바꾸지 마시오. 이건 곧 당신의 생명이니."

당배웅이 싸늘한 목소리를 뱉었다.

"설 숙부. 쓸데없는 소리 하지 맙시다."

설무우가 사나운 눈으로 당배웅을 봤다.

"숙부? 어떤 조카가 숙부에게 협박을 한단 말이냐?"

"숙부는 비록 방계라고는 하나 사천당문의 사람이오. 당연히 문에 협조를 해야지요."

"난 네 아버지와 분명한 약속을 했다. 용봉패와 암호를 가지고 오는 사람에게 적명혈조를 넘기겠다고."

"그래서 지금 넘기셨잖소? 약속을 목숨처럼 여기는 숙부를 생각해서 내가 아량을 베푼 것이오."

설무우는 당배웅을 말없이 노려볼 뿐이었다.

둘 사이에 뭔가 사연이 있는 것 같은데 천무백이 굳이 끼어들 일은 아니었다.

"보아하니 적명혈조와 조철민을 교환하자고 할 것 같군."

“일이 일사천리로 진행되니 기분이 좋아.”

당배웅은 득의만만한 웃음을 지으며 손을 들었다.

그러자 건물 뒤쪽에서 두 명의 사내가 조철민을 끌고 나왔다.

그녀의 전신에는 핏자국이 선명했고 터진 입술에는 피딱지가 앉아 있었다.

뒤로 묶인 손에 굵은 쇠줄로 결박까지 당해서 옴짝달싹하지 못했다.

조철민은 천무백을 보자마자 소리쳤다.

“저 새끼가 요구하는 건 아무것도 들어주지 마!”

그 말을 한 대가로 배를 얻어맞고 주저앉아야 했다.

그녀의 아파하는 모습에 천무백의 마음도 아팠다. 이럴 때 양심이라는 것은 참 불필요하고 고약한 존재였다.

“사랑하는 여인과 신외지물 중 무얼 택하겠느냐?”

당배웅의 물음에 천무백은 상자를 열어 적명혈조를 꺼냈다.

이름처럼 붉은색의 암기는 날개를 쫙 편 새처럼 두 개의 날을 가지고 있었다.

하지만 손바닥 크기의 그것이 새처럼 보이지는 않았다.

천하십대병기 중 한 자리를 차지하는 무기치고는 그다지 볼품이 없었다.

도패군과 싸우기 위해서는 필요하다고 생각했는데, 무기를 믿는다는 조철민의 말이 적명혈조에 대한 가치를 없애 버렸다.

물론 적명혈조가 꼭 필요하다고 해도 조철민의 목숨을 걸 물건은 아니었다.

"여인의 의미를 잘못 해석하기는 했지만 바꾸기로 하지. 조철민을 보내라."

설무우가 깊은 한숨을 쉬었다.

"자신의 무공만을 믿는 무인들이란 어쩔 수가 없구나."

당배웅이 말했다.

"적명혈조부터."

"내 마음이 바뀔 수도 있다. 먼저 그녀의 금제를 풀면 넘겨주지."

잠시 천무백을 보던 당배웅이 손짓을 했다.

그러자 세 사내가 암기통을 조철민에게 겨누고 한 명이 포박과 수갑을 풀었다.

자유의 몸이 된 그녀는 사나운 눈으로 당배웅을 노려보았다.

기세 같아서는 당장에 달려들 것 같은데 다행히 경거망동은 하지 않았다.

천무백이 당배웅에게 적명혈조를 던져줌과 동시에 그녀가

땅을 박차 천무백 곁으로 내려섰다.

"꼭 그렇게 말을 했어야 해?"

조철민이 투덜거렸다.

"뭘 말이냐?"

"여인의 의미를 잘못 해석했다는 말."

천무백은 피식 웃었다. 이런 순간에도 사소한 것에 시비를 거는 건, 여자들의 어쩔 수 없는 본능인 모양이다.

"호호호… 드디어 적명혈조가 내 손에 들어왔구나. 설 숙부. 봤다시피 난 황세은에게 자의로 적명혈조를 넘겨받았소. 그러니 약속대로 적명혈조의 사용법을 알려주시오."

그냥 던지는 게 아니라 사용하는 법이 따로 있는 모양이다.

천무백도 별것 없는 외양을 가진 적명혈조가 어떤 위력을 가졌는지 궁금하기는 했다.

하지만 당장 그 궁금증을 확인하기보다는 시간을 아끼고 싶었다.

"이제 네 용건은 끝났으니 내 용건을 봐야지."

천무백의 말에 당배웅이 웃음을 머금었다.

"지금부터 네 역할은 진정한 위력을 발휘하게 되는 적명혈조의 첫 제물이 되는 것이다."

"그걸 쓸 시간이 없을 것 같군."

마지막 '군' 이라는 글자가 떨어짐과 동시에 천무백은 땅을 박찼다.

상대를 죽이기로 한 이상 힘을 아낄 필요가 없었다.

전력을 다한 천무백의 신법은 그림자가 따라가지 못할 정도로 빨랐다.

당배웅의 얼굴에 놀라움이 떠오르는 그때 천무백은 이미 지척에 있었다.

당배웅은 사용법도 모르는 적명혈조를 던지려 했다.

그러나 팔이 채 어깨 위로 올라가기도 전에 동작이 멈췄다.

서걱!

검이 지나간 후에야 소리가 났다.

입을 쩍 벌린 당배웅의 목에 붉은 선이 그어졌다.

기우뚱 기울어진 목이 바닥에 떨어질 때쯤 피가 솟구쳤다.

뒤늦게 문주의 죽음을 확인한 수하들이 급히 암기통을 들어 올렸다.

하지만 서른 명의 수하 중 암기를 발사한 자는 네 명뿐이었고, 그마저 천무백에게 제대로 겨눠지지도 못했다.

어지럽게 날아간 강침이 모두 땅에 닿기도 전에 사내들은 시체로 변해 몸을 뉘었다.

당배웅을 비롯해 서른한 구의 시체를 만드는 데는 눈 몇 번 깜빡이는 시간밖에 걸리지 않았다.

옷에 피 한 점 묻히지 않은 천무백은 어느새 조철민에게 다가가 들고 있던 검을 내밀었다.

"잊고 갔더군."

조철민은 엉겁결에 검을 받았고 천무백은 그런 그녀에게 검갑까지 마저 넘겨주었다.

그리고 목이 잘린 당배웅에게 가서 적명혈조를 회수했다.

"이걸 쓰는 방법이 따로 있는 모양이지?"

第六十章 전운(戰雲)

破天魔

파천마

천무백의 질문을 받은 설무우는 뒤늦게 깜짝 놀라서 대답
했다.

"그렇소이다."

"보기에는 별것 없는 것 같은데."

자존심을 건드린 듯 설무우가 발끈했다.

"내가 이것만 손에 들면 천하제일무공을 지닌 자라도 능히
이길 수 있소!"

말을 끝낸 설무우가 금방 긴 한숨을 토해냈다.

"방금 전까지는 그렇게 믿었는데 귀하의 무공을 보니, 난

안 되겠구려. 하지만 만약 귀하가 사용하게 된다면 설사 신이라도 죽일 수 있을 것이오.”

“사용하는 사람에 따라 위력이 달라진단 말인가?”

설무우가 손을 내밀었다.

“줘보시오.”

적명혈조를 건네받은 설무우는 그것을 손바닥 위에 올려놓았다.

“일단 이것의 재질은 나도 모르오. 하지만 한 가지 분명한 건 이보다 단단한 재질은 세상에 없다는 것이오. 설사 금강석이라고 해도 이 적명혈조를 만든 금속보다 강하지 못하오. 하지만 적명혈조의 진정한 가치는 단단함에 있는 게 아니오. 여기 이 두 곳!”

설무우는 적명혈조의 머리와 양쪽으로 갈라진 꼬리 부분을 가리켰다.

“적명혈조는 적과 나의 기감을 알아낼 수 있소.”

“그게 무슨 말인가?”

“내가 만약 귀하를 향해 적명혈조의 머리를 겨누고 이 꼬리를 돌리면 그 순간 적명혈조는 귀하를 적으로 간주한다 이 말이오. 그래서 귀하가 죽을 때까지 적명혈조는 나는 것을 멈추지 않소이다.”

의미는 분명히 이해를 했다. 하지만 세상에 그런 물건이 있다는 걸 쉽게 믿을 수가 없었다.

설무우의 말이 이어졌다.

"이 꼬리는 사용하는 자의 기감을 느끼는데, 사용자가 강하면 강할수록 위력이 증가하게 되어 있소. 내가 봉인은 푼 것은 바로 이 부분이오. 전의 적명혈조는 일정한 강함만을 보였었소. 무공을 전혀 모르는 자가 사용하는 정도의 위력이었소. 적명혈조는 그것만으로 천하십대병기에 당당히 이름을 올렸던 것이오."

신기하기는 했다. 하지만 그뿐, 천무백은 아직도 적명혈조의 위력을 믿지 않았다.

무기는 무기일 뿐 중요한 것은 사람이다. 세상에 아무리 강한 무기나 암기라 할지라도 인간이 지닌 본래의 무공을 뛰어넘지는 못한다.

그것이 천무백의 믿음이었고 설무우는 천무백의 마음을 읽은 모양이다.

"적명혈조를 시험하는 데 목숨을 걸 용의가 있소?"

"나를 향해 시험을 하겠다?"

"방금 본 귀하의 무공은 그야말로 경천동지였소. 하지만 적명혈조도 똑같은 결과를 만들었을 것이오."

설무우는 주변에 널린 시체들을 둘러보며 말을 이었다.

"어쩌면 귀하보다 빨랐을지도 모르지요."

"내게 시험해 보게."

"후회할지도 모르오."

"위력을 알아야 쓰지."

설무우는 적명혈조의 머리를 천무백에게 겨눴다. 그리고 꼬리를 돌리며 말했다.

"그럼 세상에서 가장 강한 암기를 경험해 보시오."

설무우는 적명혈조를 잡은 손의 팔목을 안쪽으로 꺾었다가 퉁겼다.

꺄아악—!

인간이 들을 수 있는 가장 날카로운 소리가 울렸다.

천무백은 인상을 찡그렸고 조철민은 황급히 귀를 막았다.

듣기 거북한 소리를 토해낸 적명혈조가 천무백을 향해 쏘아져 왔다.

그것은 하나의 붉은빛이었다.

번개가 푸른색이 아니라 붉은색이었다면, 번개가 날아오는 것이라고 착각할 만큼 빨랐다.

천무백은 황급히 고개를 돌렸다.

사각—!

흩날리는 머리칼 몇 올이 적명혈조에 의해 잘려 나갔다.

설무우가 아무리 장황하게 위력을 설명해도 암기는 암기일 뿐이라는 생각에 경시하는 마음이 있었다.

그런데 적명혈조는 설무우가 충분히 큰소리를 칠 수 있을
만큼 빨랐다.

천무백은 지나간 적명혈조를 찾아 고개를 돌렸다. 갑자기
눈앞에 붉은빛이 가득 채워졌다.

깜짝 놀라 몸을 뒤로 젖히자 적명혈조가 코끝을 아슬아슬
하게 스치고 지나갔다.

만만히 볼 수 있는 암기가 아니었다.

설무우가 그 단단함을 설명해 줬지만, 설사 듣지 않았다고
하더라도 스치는 느낌만으로 일류고수의 호신강기 정도는 쉽
게 뚫겠다는 걸 알 수 있었다.

천무백은 손에 공력을 잔뜩 모았다. 그러자 손 주위에 봄날
의 아지랑이 같은 기운이 둥그렇게 형성되었다.

방금 스쳐 간 적명혈조는 어느새 다시 돌아와 천무백의 가
슴을 노렸다.

웬만한 무림인은 붉은 선조차 보지 못하고 당할 것이다.

천무백은 공력을 모은 오른손으로 적명혈조를 잡았다.

퍽!

무시무시한 속도의 적명혈조와 공력을 잔뜩 끌어올린 천
무백의 손이 부딪친 것치고는 그리 큰 소리가 아니었다.

적명혈조가 손에 닿는 순간 천무백이 그 힘을 흡수한 때문
이었다.

각오는 하고 있었지만 손에 느껴지는 충격은 예상했던 것보다 컸다.

거기에 마치 살아 있는 것처럼 계속 몸부림을 쳤다.

제대로 움켜잡지 않으면 금방이라도 손아귀를 빠져나갈 것 같았다.

적명혈조를 잡은 천무백은 설무우를 봤다. 설무우의 눈은 화등잔만 해졌고 입은 반쯤 벌어졌다.

적명혈조가 천무백의 손에 잡혀 꼼짝 못하고 있는 사실이 현실처럼 느껴지지 않는 모양이다.

손 안에서 요동을 치던 적명혈조의 움직임이 점점 잦아들더니 이내 끼리릭! 하는 소리와 함께 마치 죽은 생물처럼 기운을 잃었다.

"어찌… 어찌 적명혈조를 맨손으로 제압할 수가 있단 말인가?"

천무백은 손을 펴서 적명혈조를 봤다.

예상했던 것보다 훨씬 강력한 암기였다.

더구나 공력이 높은 자가 사용하면 그만큼 강해진다고 하니, 만약 그가 사용했을 때는 어떤 움직임을 보일지 기대가 되었다.

설무우가 신조차 죽일 수 있을 것이라는 말을 괜히 한 게 아니었다.

‘도패군과의 싸움에서 도움이 될 수도 있겠군.’

천무백이 설무우에게 물었다.

“내가 이걸 가져가도 되는 건가?”

화들짝 정신을 차린 설무우가 빠르게 고가를 끄덕였다.

“그, 그건 원래 귀하의 것이었소.”

“요긴하게 잘 쓰지. 그만 갈까?”

마지막 말은 조철민에게 한 것이었다.

그녀는 대답 없이 천무백보다 앞서서 걸음을 옮겼다.

무엇 때문인지 모르지만 뭔가를 깊이 생각하는 심각한 얼굴이었다.

산을 거의 내려왔을 즈음 조철민이 말했다.

“앞으로 뭘 하든 너 혼자 가는 게 좋겠어.”

“왜?”

“오늘 네 무공을 보니까 난 방해만 될 것 같아서.”

조철민의 입에서 저 말이 나오기가 얼마나 힘든지 천무백은 잘 알고 있었다.

“넌 그저 함정에 빠진 것뿐, 네 무공은…….”

“함정 때문이 아니야. 검만 있었어도 그깟 함정이고 당배웅이고 문제없이 해치웠을 테니까. 하지만 오늘 본 네 무공은…”

말끝을 흐리고 한참 동안이나 침묵을 지키던 그녀가 먼 하늘을 봤다.

"살아서 돌아와. 네 아들이 있는 곳으로. 약속할 수 있지?"

＊　　　＊　　　＊

설문은 창턱에 앉아 아래를 물끄러미 보고 있었다.

삼 층에서 본 거리는 지나치게 분주했다.

장사를 하느라 소리치는 상인, 물건 사기 바쁜 사람들, 간혹 보이는 도둑과 소매치기.

왁자지껄 떠드는 그들의 소음은 그와는 다른 세상에서 나는 소리 같았다.

"당주님은 언제 오시는 걸까?"

그야말로 목이 빠지게 기다리고 있었다.

조청호가 사라진 후 금계맹은 지리멸렬했다.

그도 그럴 것이 금계맹을 구성하고 있던 세 개 전장 중 두 개 전장이 떠났다.

금계맹은 해체된 것이나 마찬가지였고 여기저기서 버림받은 현기조는 도망 다니기 바빴다.

그 와중에 상천인들도 뿔뿔이 흩어져서 이제 남은 사람은 설문 자신과 남지인, 배왕철, 왕봉산, 그리고 서웅표뿐이었다.

물론 그들이 현기조가 좋아서 곁을 지키그 있는 건 아니었
다.

세상을 지배하는 마교에 쫓기면서도 상천인이라는 이름을
가지고 있는 건 순전히 조청호 때문이었다.

현기조는 조청호가 죽었다고 생각했지만 그들은 믿지 않
았다.

비록 함께한 시간은 그리 길지 않았어도 조청호가 그들에
게 남긴 각인은 깊고 짙었다.

그들이 믿는 조청호는 그리 쉽게 죽을 인물이 아니었다.

자신들의 눈으로 조청호의 죽음을 보지 않는 이상, 다른 이
의 입을 통한 얘기는 믿을 수가 없었다.

그래서 일 년이라는 시간을 기다렸다.

처음에는 훨씬 많은 숫자가 함께했지만 일 년이 지나는 동
안 다섯 명만 남았다.

설문이 조청호를 만났다는 사실을 알리지 않았다면 며칠
사이에 한두 명쯤은 더 떠났을지도 모른다.

도망자의 삶은 믿음만 갖고 버티기에는 너무 힘들었다.

거리의 시끄러운 소음 사이로 방문 열리는 소리가 들렸다.

고개를 돌리자 술병을 든 남지인이 들어왔다. 대낮인데 그
녀의 몸에서는 술 냄새가 풍기고 있었다.

"뭐해?"

남지인의 물음에 설문은 다시 거리로 눈길을 돌리며 대답
했다.

"아무것도."

정말 아무것도 하지 않고 있었다. 거리를 내려다보고 있었
지만 초점은 맞지 않아서 지나는 사람의 얼굴도 구분할 수 없
었다.

첫 며칠은 돌아오는 조청호를 먼저 발견하기 위해 거리를
열심히 지켜봤으나, 이젠 그저 창문턱에 앉아 있는 게 버릇이
되었을 뿐이다.

"네 장담대로 정말 당주님이 돌아오다니."

중얼거림을 뱉은 남지인이 설문에게 기댔다. 그 때문에 하
마터면 창문 밖으로 떨어질 뻔했다.

그녀가 귓가에 대고 속삭였다.

"당주님이 돌아오니 기뻐?"

술 냄새와 함께 그녀의 체취 섞인 간지러움이 느껴졌다.

여섯 달 전 그때도 아마 취했을 것이다. 그녀뿐 아니라 그
도 취해 있었다.

열흘이 멀다 하고 거처를 옮겨 도주하는 생활은 고단했고
희망은 희미했다.

술에 취한 것이 그날만은 아니었지만 단둘이 방에 남게 된
건 처음이었다.

혈기 넘치는 그들이 취하기까지 했으니 사건이 일어났다
고 그리 놀라운 일은 아니었다.

조청호를 사랑하는 남지인과, 조청호를 존경하는 설문.

하지만 그날 그들의 혈기와 취기는 조청흐라는 이름을 날
려 버리기에 충분했다.

단지 처음이 어려울 뿐이다.

남들 눈을 피해 즐기는 운우지락은, 그러나 설문에게 계속
죄책감으로 쌓였다.

남지인이 조청호의 여자라는 건 공공연한 사실. 설문은 주
군의 여자를 품는 것이나 마찬가지였다.

그래서 도망치다시피 조청호를 찾아 금운장으로 떠났다.

설문은 그곳에서 조청호를 기다렸다.

나타나지 않을 확률이 훨씬 높은 사람을 한 곳에서 기다린
다는 건 고문이었다.

그럼에도 설문이 계속 자리를 지킬 수 있었던 건, 어쩌면
충성심보다 속죄의 마음이 더 컸는지도 모른다.

조청호의 여자를 건드렸으니 그에 합당한 벌을 받는다는
그런 마음.

그런데 조청호가 돌아왔다.

간절히 기다리던 사람과의 재회는 기뻤다.

하지만 그 기쁜 소식을 전하기 위해 돌아온 후 마주한 현실

은 아팠다.

조청호가 돌아온 이상 남지인과는 헤어져야 한다. 주군의 여자를 잠깐 탐냈던 것조차 용서받지 못할 일이다.

하물며 그런 여인에게 미련을 갖는 건 더욱 있어서는 안 된다.

그래서 멀리 하려 했다.

그녀를 좋아하기는 하지만 헤어지려면 얼마든지 그리할 수 있다고 믿었던 설문이다.

그런데 자신에게 믿음을 줬던 그 마음이 배신을 하고 있었다.

남지인에게 조청호의 귀환을 알린 것은 헤어지자는 말과 다름없었다.

그 말을 한 후 두 사람의 관계는 끝났다. 최소한 외형은 그랬다.

하지만 그날 이후 남지인이 술을 마시는 횟수가 잦아졌고, 설문과 함께 객잔에서 머무는 시간이 길어졌다.

그녀는 술을 마시면 으레 설문에게 비겁하다는 소리를 했다.

그게 맞는 말일까?

어쩌면 그럴 수도 있다. 이 사실을 안 후 조청호의 반응이 두려웠으니 말이다.

하지만 남지인의 괴로움은 선뜻 이해가 되지 않았다.

조청호는 설문이 아는 한 지상최고의 남자다.

그는 똑똑하고 강하다. 그 나이에 그만큼의 능력을 가진 사람은 무림역사상 없을 것이다.

그런 남자를 두고 왜 설문의 비겁함을 탓하는 것일까?

설마 남지인이 자신을 정말 좋아하는 것일까? 상호 욕정을 풀어줄 상대가 아니라.

설문은 술병을 기울이는 남지인을 봤다.

그녀가 아파하는 것 같아 그도 아팠다.

그는 오랫동안 참고 있던 그 물음을 던졌다.

"너 나 좋아하냐?"

남지인은 하마터면 술을 뿜어버릴 뻔했다. 겨우 삼키고 남은 술 몇 방울이 턱을 타고 가슴 위로 떨어졌다.

"너 병신이냐?"

설문이 피식 웃었다.

"그렇지. 당주님 같은 분을 두고 날 좋아할 리 없지."

"좋아하지 않으면 애초에 너랑 자지도 않았어!"

어쩌면 그가 가장 바라던 말이었는지 모른다.

"나와 당주님 중 한 명을 선택하라고 하면 누굴 택할 거냐?"

질문을 던져 놓고 괜히 물었다는 생각을 했다. 남지인을 곤란하게 만들 수밖에 없는 질문이기 때문이다.

그런데 갑자기 굵은 저음이 들렸다.

"여자의 선택에 의해 움직이는 놈은 그냥 바보다."

화들짝 놀란 설문이 창턱에서 내려왔다.

방의 입구에 익숙하지만 익숙하지 않은 사내, 조청호가 있었다.

챙그랑!

놀란 남지인은 술병을 떨어뜨려 깨뜨리고도 조청호에게서 시선을 떼지 못했다.

"당주님……."

뒤늦게 조청호를 부른 설문은 다음에 어떻게 해야 할지 몰라 엉거주춤 서 있었다.

본래라면 반갑게 맞이해야 하지만 남지인으로 인해 이상한 상황이 만들어졌다.

조청호가 방 안으로 걸음을 옮기며 물었다.

"현기조는 어디 있느냐?"

"네? 네, 지금은 동광현(東光縣)으로 장소를 옮겼습니다."

"처음 듣는 곳이군."

"이곳에서 동쪽으로 이백 리 정도 떨어져 있습니다."

"상태는?"

"그다지 좋지 않습니다."

“정파와의 관계는 어떠냐?”

“오월동주(吳越同舟)라고 이젠 적보다는 동지에 가깝습니다. 하지만 패잔병들끼리 힘을 합친다고 마교를 상대할 수 있을 리가 없지요.”

“상관없다. 현기조에게 힘을 기대한 건 아니니까. 가자.”

설문은 돌아서는 조청호를 황급히 불러 세웠다.

“당주님.”

“뭐냐?”

무척이나 사무적인 말투에 표정은 싸늘했다. 하지만 화가 난 것 같지는 않고 원래 그런 사람 같았다.

그가 아는 조청호는 저렇지 않았다.

못 보는 사이에 무슨 변화가 생긴 게 틀림없었다.

“저기… 이 일은… 어떻게 생각하십니까?”

“일? 무슨 일?”

설문이 어떻게 얘기해야 할지 몰라 우물쭈물하고 있자 조청호가 두 사람을 봤다.

놀라서 술병까지 깨뜨린 남지인은 주먹을 꽉 쥔 채 고개만 숙이고 있었다.

“남지인.”

조청호의 갑작스러운 부름에 남지인은 고개를 들었다.

잔뜩 일그러진 얼굴은 금방이라도 울음을 터뜨릴 것 같았다.

“설문을 좋아하는군.”

“그게… 그게 일 년 만에 돌아와서 제게 하실 말씀인가
요?”

“못 본 기간이 얼마나 되든 무슨 상관이냐? 네가 설문을 좋
아한다면 그것으로 됐다. 보아하니 설문도 널 좋아하는 것 같
고.”

“그래도 괜찮다는 건가요? 우리의 과거는…….”

“어제의 태양이 아무리 뜨거워도 오늘의 빨래를 말려주지
는 못한다. 과거는 과거일 뿐.”

조청호는 그 말을 하고 나가 버렸다.

설문은 어리둥절한 얼굴로 남지인을 봤다.

그와 남지인의 관계를 알았을 때 조청호가 보일 행동을 수
백 번 생각했었다.

그런데 이처럼 아무 일 없었다는 듯 지나갈 줄은 몰랐다.

“저 인간은 애초에 날 쾌락의 도구 이상으로 생각하지 않
았던 거야. 개새끼.”

남지인의 이 사이로 뱉는 욕설은 설문의 입에서 한숨을 만
들어냈다.

“어떻게 할 거냐?”

“뭘 어떻게 해?”

남지인이 막상 되묻자 대답할 말이 없었다. 지금으로서는

그냥 이렇게 흘러가는 대로 놔두는 것이 최선이었다.

"당주님이 많이 변한 것 같아."

"그래서 어쨌다고?"

"아니, 뭐… 그렇다고."

남지인이 화내는 이유를 이해할 수 있었기에 설문은 최대한 물러섰다.

"가야지."

그가 조심스럽게 말하자 분노로 인해 머금은 눈물을 닦은 그녀가 먼저 걸음을 내딛었다.

"그래. 가자."

방을 나서는 남지인의 뒷모습을 보며 설문은 버릇이 되어버린 것처럼 또 한숨을 내쉬었다.

아무래도 앞날이 순탄치 않을 것 같았다.

*   *   *

현기조는 빈 술잔을 빙빙 돌리고 있었다.

이미 두 병의 술을 모두 비워서 탁자 위에는 더 이상 술이 없었다.

그는 지금 더 마셔야 할지를 고민하는 중이었다.

요즘 그가 하는 고민은 대부분 이것이었다.

술을 더 마실까?

천하의 현기조가, 금계맹의 수장이었으며 천하를 발밑에 두겠다는 야망을 품었던 현기조가 지금은 고작 술을 그만 마시고 침대로 갈지, 한 병을 더 가져오라고 시킬지, 그런 고민이나 하고 있었다.

현기조는 결국 시비를 불러 술 한 병을 더 시켰다.

잠이 들기에는 취기가 아직 부족하다는 걸 알았다.

쥐새끼처럼 쫓기는 신세로 전락하고, 더 이상 재기의 희망이 없다는 걸 깨달았을 때부터 술의 힘이 아니면 잠들지 못했다.

술병의 반을 비웠을 때 갑자기 손안에서 버석! 하는 소리가 들렸다.

깨진 술잔의 잔해가 손에 잡혀 있었다.

가끔 이랬다. 자신도 모르게 손에 힘이 들어가 술잔을 부수는 건 분노가 버릇이 되어버렸다는 의미다.

잔 부스러기를 털어내고 일어서서 새 잔을 꺼내기 위해 장식장으로 갈 때였다.

"맹주님. 설문입니다."

현기조는 문을 향해 휙 돌아섰다. 설문이 왔다는 건 조청호가 귀환을 했을지도 모른다는 희망을 품게 만들었다.

조청호 하나 돌아온다고 현 상황이 변하겠는가마는, 그래도 조청호는 누구보다 든든한 수하였다.

도패군과 싸우다 혼자 도망친 것 정도는 이해해 줄 것이다.

그런 상황이라면 어떤 상전도 그리할 테니 말이다.

"들어오너라!"

문이 열리고 발을 들여놓은 자는 설문이 아니었다. 얼굴 가득 흉터를 덮은 낯선 사내였다.

"누구냐?"

"이런 시기에 술이라. 쓸모없는 놈이군."

사내가 말한 쓸모없는 놈은 분명 현기조를 가리키는 것이었다.

그런데 분노보다는 의문이 먼저 들었다. 설문이 데려왔으니 자신을 알고 찾아온 게 분명한데 면전에 대고 그런 말을 뱉다니.

"누구냐고 물었다."

현기조는 암암리에 공력을 일으키며 다시 물었다. 따라 들어온 설문이 사내의 뒤에서 말했다.

"당주님입니다."

"뭐? 조청호라고? 네가 정녕 조 당주냐?"

그때도 얼굴에 흉터가 있었지만 지금은 가득 덮여서 당시의 외모를 알아보기가 힘들었다.

조청호는 탁자로 가서 술병을 들었다. 그리고 손을 오므려 그 손에 술병을 기울였다.

쪼르륵 떨어진 술은 손바닥으로 떨어지지 않았다.

허공에 둥실 뜬 술은 마치 투명한 잔에 담긴 것 같았다.

무형의 기로 술잔을 만든 것이다.

범인이 본다면 기겁을 할 일이지만 현기조도 저 정도는 할 수 있었다.

하지만 천하십대고수 중 한 명인 현기조니까 또한 가능한 일이다.

웬만큼 공력이 높고 기를 자유로이 운용하지 못하면 기력에 의해 술이 수증기로 증발하거나 쏟아져 버린다.

그런데 조청호는 마치 잔에 술을 따른 것처럼 자연스럽게 술을 마셨다.

"여전히 술은 좋은 걸 마시는군."

현기조는 먼저 놀란 마음을 가라앉힌 후 조청호와 탁자를 사이에 두고 섰다.

외모도 변했고 풍기는 기운도 판이했다. 설문이 조청호라고 얘기하지 않았다면 같은 사람이라고 생각조차 못했을 것이다.

"무례하군. 넌 아직 내 수하인 것을."

현기조의 말에 조청호가 피식 웃었다.

"그때도 네 수하가 아니었고 지금은 더더욱 아니다."

“날 배신하겠단 말이냐?”

현기조를 보는 조청호의 입가에 웃음이 걸렸다. 비웃음이 뚜렷해서 울컥 분노가 치솟았다.

“네가 정녕 무덤을 찾아서 기어들어 왔구나.”

오랫동안 홀로 삭여온 분노가 터질 곳을 만나자 주체를 할 수 없을 지경이었다.

그나마 현기조가 아직 손을 쓰지 않은 것은 조청호에게 풍겨오는 알 수 없는 기운 때문이었다.

뭔가 사람을 억누르는 것 같은, 그저 보는 것만으로 상대로 하여금 주눅을 들게 만드는 그런 기운이었다.

“내 상전이 될 만한 능력이 있다면 기꺼이 수하가 되어주지.”

“난 아직 끝나지 않았다.”

다짐처럼, 혹은 위로처럼 수천 번 되뇌었던 그 말을 뱉었다.

하지만 공허한 장담일 뿐이라는 걸 현기조도 잘 알고 있었다.

“네가 여전히 금계맹의 맹주이고 설사 계획대로 무림을 재패했다고 해도 내가 보는 넌 여전히 하찮은 존재일 뿐이다.”

“이, 이놈이……!”

“내 백열다섯 번째 생일날 네가 보냈던 선물이 생각나는

군. 그날 받은 선물 중에서 그나마 기억에 남는 것이었지. 뭐,
별 쓸모는 없었지만."

막 손을 쓰려던 현기조는 우뚝 동작을 멈췄다.

백열다섯 번째 생일이라니?

"적묘안주(赤猫眼珠)였지, 아마? 몸에 지니고 있는 것만으
로 내공이 증진되고 회춘의 효과가 있다는."

현기조는 자신도 모르게 주춤 물러섰다.

어찌 적묘안주를 잊을 수가 있겠는가?

무려 이백만 냥이란 거금을 써서 구한 보물이었다.

일 년을 꼬박 쫓아서 겨우 구한 그 보물을 바쳤건만, 돌아
온 것은 아무것도 없었다.

적묘안주 정도면 한 번쯤은 청탁을 들어줄지 알았는데 얼
굴조차 보지 못했다.

그 쓰라린 기억을 어찌 잊을 수 있단 말인가?

그런데 그 기분 나쁜 기억을 그에게 안긴 사람은 절대 눈앞
에 있을 수가 없었다.

그자는 사라진 존재였고 희미해지는 기억일 뿐이다.

"넌… 누구냐? 가… 감히 그분을 사칭하려 하다니!"

"후후후… 누군들 감히 파천마를 사칭할 수 있을까."

막상 파천마라는 이름이 나오자 내뿜던 숨이 단숨에 멎었
다.

이제 조청호가 아닌 다른 사람이 분명한 그자는 또 한 잔의 술을 마셨다.

"넌 운이 좋구나. 내 선택을 받았으니. 있는 현금을 모두 모아둬라. 그리고 정파에 알려라. 파천마가 마교를 말살하기 위해 돌아왔다고."

그자는 말을 끝내고 돌아섰다.

현기조는 그자가 몇 발을 떼서 방을 빠져나갈 때쯤 황급히 입을 열었다.

"지금 내게 그 말을 믿으란 말인가? 조청호가 파천마였다고? 고작 말 몇 마디로 나한테 믿으라고?"

문턱을 넘던 그자는 현기조를 돌아봤다.

차분한 표정이다. 아니, 얼굴의 흉터가 너무 많아 실제 표정을 잘 알아볼 수가 없었다.

하지만 한 가지는 확실했다.

흑백이 너무도 뚜렷한 그 눈이 지그시 응시하자 손바닥과 등에 땀이 나기 시작했다.

그것은 기세였다. 무공을 익히지 않은 자가 살면서 저절로 얻는 기세가 있고, 무림인이 무공으로 인해서 발휘되는 무형의 기세가 있다.

그자는 전자의 기세와 후자의 기세를 모두 가지고 있었다.

절대 스무 살 남짓의 조청호가 가질 수 없는 삶의 기세를 가졌으며, 천하십대고수 중 한 명인 현기조를 떨리게 만드는 무공의 기세까지 갖췄다.

눈으로 확인하지 않아도 그자의 무공이 이미 자신을 훨씬 상회한다는 걸 알 수 있었다.

펼치지 않고 기세를 내뿜는 것만으로 그자는 자신을 증명했다.

정말 저자는 파천마일지도 모른다.

"네가 살 수 있는 마지막이자 유일한 기회다."

그자는 그 말을 남기고 시야에서 사라졌다. 다리에 힘이 풀린 현기조는 자리에 털썩 주저앉았다.

"정말… 파천마가 돌아왔단 말인가?"

*　　*　　*

서웅표는 농담이라고 했고 왕봉산은 껄껄 웃었다. 그리고 배왕철은 위로랍시고 어깨를 다독였다.

"맹주는 믿는 것 같던데요?"

설문의 그 말에 웃던 자들의 얼굴이 굳어졌다.

"그것도 농담이지?"

왕봉산의 물음에 설문은 탁자 위에 놓인 찬물을 마시고 말했다.

“파천마가 농담으로 등장할 이름이오?”

배왕철이 물었다.

“정말 당주가… 조청호가 파천마였단 말이냐?”

“그분이 당주님이었다는 건 분명하오. 날 알아봤고 여기까지 함께 왔으니 말이오. 그런데 파천마라니. 그 자리에 있었던 나조차 선뜻 믿기지 않소이다.”

“자신의 입으로 그렇게 말했고 맹주도 믿는 눈치였단 말이지?”

“마지막에는 두려워하는 표정이 역력했소.”

서웅표가 말했다.

“아냐, 그럴 리가 없어. 어떻게 당주가 파천마가 될 수 있어? 당주는 고작 스물세 살이었고 파천마는 백 살 하고도… 대체 몇 살이나 먹은 거야?”

배왕철이 서웅표의 말을 받았다.

“나이는 중요하지 않아. 파천마라면 설사 황제가 되었다고 해도 그러려니 할 수 있는 인물이니까. 문제는 정말 파천마가 나타났느냐 하는 것이야.”

“만약 당주가 정말 파천마라면 어떻게 되는 거야?”

배왕철이 신음처럼 말했다.

“무림에 새로운 혈풍이 불겠지.”

“당주님을 파천마라고 믿고, 어쨌든 그분 말씀이 마교를 말살하겠다고 했소."

배왕철은 깜짝 놀라서 물었다.

"정말이냐?"

"본인 입으로 분명히 그렇게 말했소."

"뭐지? 한 산에 두 마리의 호랑이가 살 수는 없다는 뜻인가?"

"그것보다는 마교에 원한이라도 있는 것 같았소."

왕봉산이 고개를 끄덕였다.

"도패군에게 죽을 뻔했으니 원한을 가질 만도 하지."

배왕철은 고개를 저었다.

"아니야. 단순히 그런 문제가 아닌 것 같아. 그것보다는 더 복잡한 뭔가가 있는 게 분명해."

"그게 뭔데?"

"모르니까 '뭔가' 라고 했지! 알면 콕 집어서 얘기했겠지!"

버럭 소리를 지른 배왕철은 '이러고 있을 때가 아니지' 라고 하며 방을 빠져나갔다.

"뭐가 어떻게 돌아가고 있는 거야?"

왕봉산의 중얼거림에 설문이 말했다.

"이제 우리도 싸울 때가 된 거죠."

*　　　*　　　*

혜현 선자는 며칠을 망설였다.

황세은이 실은 파천마가 환골탈태해서 태어난 존재라는 사실을 들었을 때는 너무 어이가 없어서 현실처럼 느껴지지 않았다.

그리고 묘한 기분으로 옮겨갔다.

황세은이 살아 있다는 건 기쁜 일이지만 그는 더 이상 황세은이 아니다.

십여 년의 외유를 마친 파천마 천무백일 따름이다.

백가연이나 화문진은 그 사실을 인정하지 않았으나, 백이십 년을 파천마 천무백으로 살아온 사람이다.

그런 사람이 십 년 남짓 산 황세은으로 탈바꿈한다는 것은 불가능했다.

그래서 기쁨보다는 허탈한 감정이 앞섰다.

황세은은 살아 있으되 살아 있는 사람이 아니었다.

한 가지 위안이 되는 것은 파천마가 마교와 싸우겠다는 것이다.

그것이 현재의 전설로서 과거의 망령을 용납하지 못한다는 마음일지라도 세상을 태우고 있는 불을 끄겠다고 하니 다행이었다.

그녀는 당연히 이 사실을 정파에 알려야 한다. 근근이 목숨을 부지하고 있는 정파에게는 과거의 원수가 희망이 되는 웃지 못할 상황이 될 것이다.

문제는 황세은이라는 인물에게 드리워질 그림자다.

황세은은 여전히 적운협이라는 이름으로 정파의 한줄기 희망이었다.

실종된 지 일 년이 넘었기에 죽음을 받아들인 사람들도 있었지만 여전히 많은 정파인은 적운협이 나타나 마교와 싸울 것이라고 믿었다.

그런데 적운협이 파천마라는 사실이 밝혀지면 그동안 쌓아왔던 황세은의 공로는 사상누각처럼 무너지게 될 것이다.

진실이 어찌 되었든 기만을 당했다고 분노할지도 모른다.

그래서 정파인들에게 아직 얘기를 꺼내지 못한 것이다.

"그래도 알리기는 해야겠지."

파천마가 마교와의 싸움에 뛰어들었으니 정파도 준비를 해야 한다.

혜현 선자는 정운각(政運閣)을 나와 명지각(明知閣)으로 걸음을 옮겼다.

마교의 눈을 피해 이동하다 보니 복건성(福建省)까지 오게 되었다.

이러다가는 복건성의 어디 섬에라도 도망쳐서 평생 살아야 할지도 모른다는 자조 섞인 농담이 나올 만했다.

현재 이곳 남해서원(南海書院)에는 여섯 개 정파의 장로나 장문인이 모여 있었다.

이미 봉문을 하였거나 마교와 끝까지 항전하다 처절하게 패배한 그들은, 와신상담이라는 말을 뼈저리게 실감하는 중이었다.

명지각에는 종남파의 장문인 황오영, 청성파의 장소백 장로, 곤륜의 오기석, 그리고 제갈문정과 팽복성이 있었다.

명지각에서 매일 회의를 하고 있지만 뾰족한 방법은 없었다.

그저 같은 처지의 사람들 얼굴을 보며 위로를 하는 자리일 뿐이다.

파천마가 마교와 일전을 벌일 경우 전국에 흩어져 있는 정파의 힘을 하나로 모아야 한다.

마교에 의해 지리멸렬하기는 했지만 그래도 오랜 세월 내려온 저력은 쉽게 사라지지 않는다.

그녀는 ‘황세은이 사실은 파천마예요’ 라는 말을 계속 입속으로 연습하며 명지각에 들어섰다.

그런데 그곳에 항상 모여 있는 다섯 명 외에 한 명이 더 자리해 있었다.

외형보다는 냄새가 먼저 그 인물의 정체를 알려줬다.

개방 인물 특유의 노린내를 풍기고 그에 어울리는 거지 차림을 한 인물은 소동강(蘇東强)이었다.

개방의 장로로 무공은 그리 강하지 않지만 협기만은 고금 제일이라는 말을 듣는 자였다.

불의를 보고는 도저히 참지 못하는 성격이면서 내년이면 환갑을 바라보는 나이이니 장수하고 있다고 할 수 있었다.

"소 장로님께서 여기까지 어인 일이십니까?"

개방은 그동안 여타의 정파와 약간의 거리를 두고 존재했다.

구파일방이라 하여 오랜 전통을 가진 정파의 문파지만, 일부러 패거리를 짓는 것은 개방의 성격에 맞지 않는다는 이유에서다.

물론 마교가 창궐한 후로 그런 담은 허물어졌으나, 특별한 일이 아니면 소동강이 여기까지 올 리가 없었다.

"소 장로께서 놀라운 소식을 가져오셨소."

황오영은 소동강을 봤다. 자신이 애기해도 되겠느냐는 뜻이었고 소동강은 고개를 끄덕였다.

"개방의 제자 한 명이 현재 현기조와 동행을 하고 있다는 건 예전에 말씀드렸을 것이오."

들은 기억이 났다.

"현기조에게 무슨 일이 생겼나요?"

"현기조가 아니라 현기조 수하였던 조청호라는 자가 있었

는데, 그자가 파천마일지도 모른다는 보고가 들어왔다고 하
오.”

혜현 선자는 깜짝 놀랐다. 황세은이 조청호로 침입해 있었
다는 건 그녀도 알고 있는 사실이다.

그러니 조청호가 파천마인 것도 틀린 말은 아니었다.

하지만 사람들이 받아들이는 결과는 완전히 달라질 수밖
에 없었다.

조청호가 파천마가 된다면 황세은의 이름을 더럽히지 않
고 좋은 기억만 남길 수도 있었다.

“그게 정말인가요? 얼마나 정확한 정보죠?”

혜현 선자는 짐짓 놀란 표정을 지으며 물었다.

“현기조에게 가 있는 제자는 배왕철이라는 아이인데, 왕철
이 말로는 가능성이 꽤 높다고 하더구려. 갑자기 나타나서 의
아하기는 하지만 현기조도 믿는 눈치라고 합니다.”

제갈문정이 말했다.

“여우같은 현기조가 믿을 정도면 상당한 설득력이 있군요.
십 년 넘게 실종되었었는데 그동안 현기조 밑에서 조청호로
있었다는 말입니까?”

“그건 아니라고 합니다. 만난 건 일 년 하고 두어 달 전이
고 그마저도 일 년 정도는 실종됐다가 최근에 나타났다고 하
더군요.”

"그 설명만 가지고는 감을 잡을 수가 없구려."

"좀 더 알아보고 있는 중이니 조만간 뭐가 나와도 나오겠지요. 중요한 것은 현재 파천마가 마교와 일전을 준비하고 있다는 겁니다."

다들 놀라기는 했지만 곧이어 당연하다는 표정으로 이어졌다.

"파천마가 마교천하를 두고 볼 리가 없지요. 그럼 파천마는 앞으로 어떻게 움직인다고 합니까?"

"허허허! 내게 너무 많은 걸 요구하지 마시오. 나도 보고를 받자마자 좆이 빠지게… 이런, 선자께는 실례……. 어쨌든 급히 달려와서 간단한 사실밖에 모릅니다."

제갈문정이 다른 질문을 던지려고 할 때 밖에서 수하의 목소리가 들렸다.

"강소성 쪽에서 연락이 왔습니다."

"현기조가 연락을?"

정파의 입장에서는 미운 존재였으나 적의 적은 친구라고, 지금으로서는 현기조와 동맹 비슷한 관계를 유지하는 중이었다.

워낙 거처를 자주 바꾸는 현기조라 지금 있는 곳이 강소성인지는 알지 못하지만, 연락은 그 이름으로 오기로 되어 있었다.

“들어오너라.”

제갈문정의 말이 떨어지자 수하가 들어와서 서신을 건넸다.

검지 길이의 돌돌 말린 서신에는 촛농으로 봉인까지 되어 있었다.

제갈문정은 봉인을 뜯어내고 탁자 위에 서신을 폈다.

파천마 출현. 조속히 회동 요망. 장소와 일시는 추후 알리겠음.

모두 서로의 얼굴만 볼 뿐 말을 꺼내지 못했다. 현기조가 믿는 눈치라고 했지만 그 믿음이 어느 정도 강한지 몰랐다.

그런데 서신을 보니 현기조는 굳게 믿고 있는 것 같았다.

“현기조를 만나 자세한 얘기를 들어봐야겠소.”

제갈문정의 말을 팽복성이 받았다.

“그와 동시에 지하에 잠적해 있는 정파의 힘도 끌어내야 하오.”

제갈문정이 고개를 끄덕였다.

“일이 급박하게 진행될지도 모르니 동시에 진행을 해야지요.”

혜현 선자는 그저 침묵을 지켰다.

　　　　＊　　　　＊　　　　＊

　파천마가 등장했다는 소식은 순식간에 무림 전역으로 퍼졌다.

　정파에서 전략적으로 퍼뜨린 소문이었다.

　파천마에게 마교의 시선을 돌린 후 정파의 힘을 모으기 위해서였다.

　어쨌든 정파의 의도는 성공할 수밖에 없었다.

　파천마라는 이름은 그 자체만으로 세상을 떨게 만드는 힘이 있었다.

　물론 그 소식은 도패군의 귀에도 들어갔다.

　"재미있군."

　그의 입에서 가장 처음 나온 말이었다.

　"그리 가벼운 사안이 아닙니다."

　공야목의 말에 도패군이 물었다.

　"파천마가 그리 대단한가?"

　"교주님께서 잠들어 계셨던 기간을 통틀어 가장 강한 자입니다. 어떤 이는 고금제일이라고까지 얘기를 하지요."

　"고금제일이라면 나도 포함된다는 것인데, 자네 생각은 어떤가?"

　"전 무공에 대해서는 잘 모릅니다."

“굳이 아니라고 대답하지 않은 것을 보면 파천마가 대단하긴 대단한 모양이군.”

“파천마도 파천마지만 그를 따르는 패왕성의 힘 또한 만만치 않습니다. 이제까지 파천마의 부재와 저희끼리의 암투로 인해 잠잠했었지만 파천마가 나타났으니 그들도 움직일 것입니다.”

“잘됐군. 무림을 일통하는 데 패왕성이 빠지면 안 되니 어차피 싸워야 할 존재 아닌가. 패왕성이 나서기 전에 일단 낙일검문부터 쳐야겠어.”

“좋을 대로 하십시오. 전 나타난 파천마의 진위를 가리겠습니다.”

도패군의 입가에 짙은 미소가 그려졌다.

“제발 진짜였으면 좋겠군.”

第六十一章 출정(出征)

破天魔
파천마

"헉! 헉! 으읍!"

그녀의 몸뚱이 위에서 보이는 사내들의 반응은 한결같았
다.

잘게 몸을 떤 배불뚝이 사내가 그녀 위로 축 늘어졌다.

몸속에 있던 하물은 곧 흐물흐물해져서 존재감조차 느껴
지지 않았다.

그녀는 사내를 옆으로 밀치고 침대 옆에 놓인 연초를 집었
다.

불을 붙이고 입술을 오므리자 연초 특유의 향해 몸을 나른

하게 했다.

정사도 좋지만 일을 마친 후 피우는 한 대의 연초도 그에 못지않았다.

"흐흐흐… 신입이라고 하더니 기술은 십 년은 굴러먹은 년 같구나."

그녀는 가슴을 더듬으려는 사내의 손을 쳐 내고 말했다.

"돈."

"이년아, 두 번은 더 해야지."

그녀는 잠시 갈등했다. 사내의 침대 기술은 나쁘지 않았다.

사내의 손길이 몇 차례만 스치면 또 달아오를 것이다.

하지만 오늘은 한 번으로 끝내기로 했다. 그녀에게는 해야 할 일이 있기 때문이다.

"다음에 오면 더 해줄게. 오늘은 그냥 가."

"그냥 가라고? 흠. 그러지."

사내가 미련없이 침대를 빠져나가 옷을 주섬주섬 입은 후 방을 나서려고 했다.

고작 한 평 남짓한 방은 손만 뻗으면 사방 어디든 닿을 수 있었다.

황급히 사내의 옷자락을 잡은 그녀가 말했다.

"돈은 주고 가야지."

“그냥 가라며?”

그녀의 한쪽 입꼬리가 실룩 올라갔다. 기분이 상했을 때 나오는 버릇이다.

“창기한테 공짜오입을 하겠단 말이야?”

“씨팔년, 지랄하네. 제대로 일을 치러야지. 싸다 말았는데 돈은 얼어 죽을! 맞고 피똥 싸지 않은 것을 다행으로 여겨. 어디서 굴러먹다 온 년이 엉겨, 엉기긴.”

그녀가 이 거리에 신입이기는 하다. 하지만 인생의 신입은 아니다.

지난 삼십 년 동안 세상의 온갖 모진 풍파는 겪을 대로 겪었고, 그것을 헤쳐 나갈 능력도 얻었다.

물론 이런 경우도 포함해서 말이다.

“알았어. 기다려.”

“왜? 다시 하려고? 미친 년. 기분 잡쳐서 요놈도 안 선다.”

그녀는 화섭자에 불을 붙였다. 세찬 바람에도 꺼지지 않는 아주 좋은 놈이었다.

“서지도 않는 놈 굳이 달고 다닐 필요 없잖아?”

“뭐? 으악!”

그녀는 사내의 하물을 움켜잡았다. 무공을 익힌 그녀의 아귀힘은 장한의 그것보다 강했다.

그런 힘이 급소 중의 급소를 잡았으니 사내는 짧은 비명을 끝으로 목소리조차 크게 뱉지 못했다.

"이, 이거……."

"돈."

"뇌, 뇌야……."

"돈."

사내는 부들부들 떨리는 손을 품으로 가져가 작은 주머니
를 꺼냈다.

입구가 벌어지는 바람에 내용물이 쏟아졌는데 동전 몇 십
문 사이로 무려 은자 두 냥이 보였다.

"하여간 있는 놈들이 더하다니까."

그녀는 뒤로 묶은 머리칼 사이에서 단도를 뺐다. 길이는 한
뼘이 되지 않고 날은 종잇장처럼 얇았다.

그렇지만 사내의 하물을 떼어내기에는 차고 넘쳤다.

서걱 하는 소리와 함께 화섭자가 하물이 떨어져 나간 자리
에 짓이겨졌다.

그제야 사내의 입에서 비명이 터졌다.

"으아아악—!"

사내를 태운 화섭자로 불을 붙였더니 연초에서 살타는 냄
새가 나는 것 같았다.

"나쁘지 않군."

도화민(道花敏)은 느긋한 걸음으로 홍락기를 걸었다.

평생을 부평초처럼 떠돌며 살았지만 요 일 년은 특히 바쁘게 돌아다녔다.

맡은 임무가 그녀의 방랑벽과 제대로 맞았다.

—황세은을 찾아라.

그것이 그녀가 받은 임무였다. 마교진천교도에는 들지 못했지만 그래도 마교의 십이대주신(十二大主臣) 중에 용신(龍臣) 휘하 팔극당(八極黨)에 속한 그녀다.

마교의 암흑기에도 그녀는 자신이 마교도라는 것을 잊은 적이 없었다.

뼛속까지 마교에 충성하는 도화민이었기에 그녀는 아직 임무를 포기하지 않았다.

일 년이나 지난 임무였고 황세은이 죽었다는 소문까지 파다했다.

그래서 임무를 받은 대부분의 마교도는 소속으로 돌아갔다.

하지만 그녀는 끈질기게 천하를 떠돌았다. 찾을 거리가 없으면 황씨가 많이 사는 동네만 찾아다니기도 했다.

그렇게 사천성까지 왔다. 어찌 보면 이곳이 적운협이라는 젊은 전설이 시작된 곳이라 할 수 있었다.

마교가 창궐한 시기에 이런 곳에 있을 리 만무하지만, 이젠 더 이상 마땅히 찾을 곳도 없었다.

마교에서 주는 돈도 떨어졌고 받으러 가기에는 너무 멀었다.

그런 의미에서 이 홍락가는 그녀에게 안성맞춤인 곳이었다.

사내놈을 품을 수 있고 돈까지 들어오니 왜 그 좋은 것을 마다하겠는가?

어둠이 내린 지 얼마 되지 않아 거리에는 온통 여자들뿐이었다.

엿새 동안 이 근처를 서성였지만 수확은 없었다. 조심스럽게 황세은이라는 이름을 흘려도 '온 지 얼마 안 돼서' 라는 대답만 돌아왔다.

이런 곳에서 오랫동안 몸을 담고 있는 여인을 만나기는 힘든 법이다.

그래서 오늘은 홍락가의 터줏대감이라고 할 수 있는 여인을 찾아가 보기로 했다.

하수청이란 중년여인은 이 각박한 홍락가에서 마음씨 좋기로 소문난 포주였다.

열여섯 살에 홍락가에 와서 지금까지 살고 있으니 그녀의 팔자도 참 기구하다 할 수 있었다.

그녀라면 틀림없이 황세은을 알 것이다. 물론 현재 있는 곳을 알 수는 없겠으나 어떤 실마리라도 찾을 수 있을지 모른다.

창기의 영업장이 차츰 드물어지고 좁은 골목이 나왔다.

하수청의 집은 골목의 끄트머리 즈음에 있었다.

골목에 어지럽게 널린 쓰레기를 피해 걸음을 옮기던 그녀는 이 장 저쪽에 서 있는 사람을 발견했다.

그녀는 맞은편 골목을 보고 있다가 도화민의 기척을 느끼고 고개를 돌렸다.

순간 도화민은 숨을 훅 들이쉬었다.

익숙한 얼굴이다. 하지만 직접 만나서 익숙한 건 아니었다.

무림에서 활동하는 마교도는 중요인물들의 초상화를 보고 기억하는 훈련을 한다.

이 장 맞은편에 있는 저 여인은 중요인물 중에서도 상위에 속한, 낙일검문의 영애 조철민이었다.

'얼굴만 비슷한 거 아닌가?

그럴 가능성이 높았다. 조철민이 왜 홍락가를 서성이겠는가?

그런데 문득 조철민과 황세은의 관계에 대한 보고를 받은 적이 있었다.

둘이 한참 동안 붙어 다녔다는, 확인되지는 않았지만 신빙성이 있는 보고였다.

그리고 조철민의 얼굴을 한 저 여인은 무공을 익히고 있었다.

등에 맨 검도 그렇고 두 다리로 굳건히 선 자세는 흔들림이 없었다.

조철민이 아닐지도 모른다는 생각은 날아가 버렸다.

저 여인은 틀림없는 조철민이다.

그럼 조철민이 왜 여기 있는 것일까?

천하제일문의 장중보옥이 이런 비천한 장소에 있을 이유는 하나밖에 생각나지 않았다.

모진 풍파를 헤치고 살아남은 그녀의 본능이 중요한 순간에 직면했다는 걸 알려주었다.

일단 조철민에게 의심을 사면 안 된다. 이미 멈칫했기 때문에 조철민이 의심했을 수도 있다.

어두운 골목에서 낯선 사람을 만났으니 당연한 반응으로 넘길 수도 있고.

도화민은 급히 웃음을 흘렸다.

"호호호! 어유, 깜짝 놀랐네. 이 어두운 곳에서 뭘 하세요?"

조철민은 대답 없이 도화민만 응시했다.

“까칠한 아가씨네. 이 근처에 하수청이라는 마음씨 좋은 포주가 사는 집이 있다는데, 혹시 아시우?”

“몰라요.”

중저음의 차분한 목소리다.

“이거 참. 골목이 하도 여러 갈래고 그 집이 그 집 같이 생겨서 영 헷갈리네.”

도화민은 조철민을 지나치면서 왼쪽을 슬쩍 봤다. 그녀가 나타나기 전까지 조철민이 뚫어지게 바라보던 곳이었다.

거기에는 서너 살쯤 되어 보이는 아이 하나가 놀고 있었다.

“선우야!”

집 안에서 여인의 부름이 떨어지자 아이는 땅바닥에 쓰고 있던 글자를 급히 지우더니 집 안으로 들어갔다.

집 안에서 여인의 희미한 목소리가 들렸다.

“또 땅바닥에 글씨를 쓰고 있었구나! 엄마가 지필묵 사왔잖아!”

“아깝잖아요!”

“아버지처럼 이모들 서신 대신 써준다면서? 그럼 붓으로 쓰는 걸 익혀놔야지! 땅바닥을 뜯어서 줄 거야?”

“헤헤헤! 그런데 엄마. 큰이모가 그러는데 제 아버지가 신선님의 손자였다는데 정말이에요?”

“그럼! 그러니 넌 장차 큰 인물이 될 거란다.”

도화민은 하마터면 걸음을 멈추고 고개를 돌릴 뻔했다.

그동안 숱한 위험을 넘어온 그녀의 본능이 겨우 평상시와 같은 보폭을 유지하게 만들었다.

아마 찰나 움찔했을지도 모른다. 그걸 조철민이 봤다면 의심을 샀을 수도 있다.

집 안에서 들린 목소리는 범인이 듣기에 너무 작았기 때문이다.

그녀는 고개를 돌려 조철민을 보고 싶은 걸 필사적으로 참았다.

조철민을 확인하는 건 의미가 없었다. 설사 기습을 당하지 않더라도 조철민과 싸워서는 단 일 푼의 승산도 없기 때문이다.

그녀는 애써 태연하게 구불구불한 골목을 걸어갔다.

그리고 충분히 멀어졌다고 생각되는 순간 고개를 돌렸다.

"휴우―!"

긴 안도의 숨을 쉰 그녀의 입가가 슬그머니 벌어졌다.

방금 그 아이는 황세은의 아이가 분명했다. 그저 홍락가의 여자가 지어낸 얘기가 아니다.

조철민이 그 아이를 보고 있었다는 게 그 증거였다.

비록 황세은을 찾지는 못했지만, 그에 버금가는 정보를 알아냈다.

'역시 사람은 끈기가 있어야 한다니까.'

*　　　*　　　*

대전은 정적에 휩싸여 있었다. 패왕성의 마인 서른여섯 명은 숨소리조차 크게 내지 않은 채 자리를 지키는 중이었다.

패왕성의 마인들이 이처럼 한 자리에 모인 것은 실로 오랜만이었다.

파천마가 실종된 후 암중으로 치열한 세력다툼을 벌이던 그들이다.

오직 파천마를 추종하고 무공에 미친 자들이었지만, 세력이 만들어진 곳에는 언제나 권력다툼이 일어나게 마련이다.

현재는 십이지마(十二支魔) 중 인마(寅魔) 황규보(黃逵保)와 팔성집(八星輯)의 오운택(吳雲擇), 구보마(九寶魔)의 독필장(獨必張)이 가장 큰 세력을 이루고 있었다.

과거 파천마를 가장 가까이에서 모셨던 도백종과 연자흠은 여러 곳의 영입 제안을 모두 거절한 채 두문불출하는 중이었다.

특히 도백종은 사라진 파천마를 근 삼 년 동안 찾아다니더니, 거지꼴로 돌아와서 연공실에 틀어박혀 지냈다.

미쳤다느니 굶어서 죽었다느니 하는 소문이 들렸는데 자

리에 참석한 도백종은 멀쩡해 보였다.

도백종 곁에는 연자흠이 자리했다. 여전히 꼬장꼬장한 늙은이의 모습을 한 연자흠은 시종 눈을 감고 무슨 생각에 잠겨 있었다.

"험! 이거 언제까지 기다려야 하는 거요?"

황규보가 오랜 침묵이 지겨운 듯 헛기침과 함께 말을 꺼냈다.

그런데 갑자기 도백종이 일어서더니 황규보를 향해 몸을 날렸다.

길이가 오 장에 폭이 일 장이나 되는 거대한 탁자를 뛰어넘는 도백종의 손에는 어느새 검이 들려 있었다.

패왕성에서 파천마를 제외하면 가장 강한 자가 도백종이었다.

십대고수 중 한 자리를 차지한 것만 봐도 알 수 있었다.

그런 도백종이 살기를 품고 달려드니 황규보는 식겁할 수밖에 없었다.

묻고 차시고 할 것도 없이 일단 의자와 함께 급히 물러났다.

쾅!

황규보가 있던 자리에 한 자 깊이의 홈이 파였다.

"이게 무슨 짓이냐!"

황규보는 칼을 뽑으며 소리쳤다.

한 번의 공격을 마친 도백종은 탁자 위에 쭈그려 앉아 황규보를 지그시 노려보았다.

"주군을 기다리는 자리다. 나타나실 때까지 찍소리 하지 말고 기다려라."

황보규는 뭐라고 대꾸를 하려다가 순순히 고개를 끄덕였다.

"그러지."

도백종이 자기 자리로 돌아가자 황규보도 다시 의자를 가져와 앉았다.

사실 황규보는 오늘 나타날 것이라고 예고를 한 파천마가 진짜인지 의심스러웠다.

그런 의심을 가지고 있는 자가 비단 황규토뿐만은 아니었다.

십 년 이상 실종되었던 파천마다.

수집한 정보로는 외모조차 판이하게 달랐다고 했다. 그가 파천마라고 믿을 만한 근거는 오직 자신의 말뿐이었다.

만약 가짜라면 정말 배짱이 좋은 놈이다. 그 배짱이 명을 짧게 만들겠지만.

그러나 진짜라면 패왕성에서 치열하게 암투를 벌이던 자들은 우스운 꼴이 되어버릴 것이다.

여느 단체처럼 역적모의를 할 수도 없다.

파천마를 상대로 반기를 든다는 건, 올가미를 목에 걸고 절벽에서 뛰어내리는 꼴이었다.

한때의 웃어넘길 소동으로 끝나느냐, 아니면 파천마의 수하로 살아가는 걸 운명으로 여기느냐의 갈림길이 곧 눈앞에 나타나게 된다.

그래서 대전 안은 이처럼 철저한 침묵에 빠져 있는 것이다.

아마 두 시진쯤 기다린 것 같다.

그리고…….

끼이익—!

오늘따라 문이 열리는 소리가 유난히 컸다.

서른여섯 명의 시선이 일제히 높이 일 장의 거대한 문으로 향했다.

서쪽을 향한 문은 태양이 정점에서 많이 기운 탓에 햇빛을 가득 안겨주었다.

그래서 처음에는 나타난 인물이 검게만 보였다.

하지만 모두 십대고수에 버금가는 무공을 지닌 덕분에 곧 대전으로 들어온 자의 얼굴을 확인할 수 있었다.

일단 듣던 대로 흉터 가득한 얼굴이다. 수염은 다듬지 않아서 거칠었고 흑백이 뚜렷한 눈이 인상적이었다.

용모는 그랬다.

대전에 모여 있는 서른여섯 명 중 그 누구도 저 얼굴에서 파천마를 찾아내지는 못했다.

그도 그럴 것이 역광을 받고 서 있는 그 사내는 많이 잡아도 서른을 넘지 않았다.

아무리 흉터가 얼굴을 덮고 있다고 해도 나이는 짐작할 수 있는 법이다.

얼굴도 다르고 나이는 서른도 되지 않았는데, 그런 사내가 파천마라는 이름으로 나타났다.

자신을 파천마라고 주장하는 사내가 삼십육마인을 향해 걸어왔다.

그 걸음에 망설임이나 두려움 같은 건 보이지 않았다.

당당하게 자신의 집을 걷는 그런 움직임이었다.

"단체로 엉덩이에 아교라도 붙인 모양이구나."

낮게 흐르는 사내의 음성도 젊었다.

그 말에도 다들 앉아서 사내만 보고 있었다. 그들은 패왕성의 삼십육마인이다.

오랫동안 무림에 공포로 군림할 수 있었던 것은 그들에게 그만한 자격이 있어서다.

단지 파천마라고 주장하는 사내의 한마디에 쉽게 움직일 그들이 아니었다.

그런데 한 명이 느릿하게 의자에서 엉덩이를 뗐다. 연자흠이다.

"우리가 알던 주군과는 외형이 많이 다르구려. 그 이유를 설명해 줄 수 있겠소?"

모두의 예상과는 달리 연자흠의 태도는 공손했다. 하긴 만에 하나 저 사내가 정말 파천마라면 무례는 곧 죽음이나 마찬가지다.

무례하지 않게, 하지만 비굴한 모습도 보이면 안 되니 모두 그냥 앉아 있는 것이다.

그런데 연자흠 외에 또 한 명이 나섰다.

"말이 무슨 필요가 있나?"

자리를 박차고 일어선 자는 도백종이었다. 검을 뺀 도백종은 득달같이 사내를 향해 몸을 날렸다.

우웅―!

공력을 가득 품은 그의 검이 울음을 토해냈다.

사내를 향해 검을 휘두르는 도백종의 몸짓에는 순간의 망설임도 없었다. 단순히 사내의 무공을 시험하겠다는 의도가 아닌 상대를 반드시 죽이겠다는 필살의 의지가 담겨 있었다.

도백종과 사내 사이에 있던 여덟 명의 마인이 황급히 뒤로 미끄러졌다.

꽈지직!

검기에 휩쓸린 탁자의 귀퉁이가 종잇장처럼 찢겨져 나갔다.

네 자의 검강을 품은 검이 사내의 정수리로 떨어졌다.

그 자리에서 꼼짝도 하지 않던 사내가 뒤늦게 팔을 들어 올렸다.

이미 늦었다고 생각했는데 사내의 손바닥은 어느새 검강에 닿아 있었다.

쿵!

나무망치로 돌을 두드리는 것 같은 둔탁한 소리가 울리면서 사내의 뒤꿈치가 바닥을 한 치쯤 파고들었다.

그것이 전부였다. 당연히 있어야 할 자욱한 피와 비명, 죽음 따위는 존재하지 않았다.

사내는 맨손으로 전력을 다한 도백종의 검을 막아냈다.

도백종은 세상에 널려 있는 무림인이 아니다. 패왕성의 많은 마인 중 단순한 한 명이 아니다.

천하십대고수 중 아홉 번째를 차지하고 있는, 파천마를 제외하고는 패왕성에서 가장 강한 고수의 공격이었다.

누군들 그런 도백종의 검을 맨손으로 막아낼 수 있을까?

그들이 아는 한 그런 능력을 가진 사람은 세상에 오직 한 명뿐이었다.

그래서 하나둘 자리에서 일어났다.

무슨 연유에서 십여 년 동안 자리를 비웠는지, 왜 외모가 전혀 다르게 변했는지 그 이유를 누구도 묻지 않았다.

애기를 하고 싶으면 할 것이고 듣지 못해도 어쩔 수 없다.

개미를 밟은 인간이 개의치 않듯 파천마 또한 다른 사람의 기분 따위는 안중에도 없기 때문이다.

그리고 그런 파천마를 모두 당연하게 받아들였다.

도백종의 검이 파천마의 손에서 스르르 미끄러졌다.

그 순간 파천마의 손이 움직였다.

짜악!

도백종의 얼굴이 돌아가며 몸이 크게 흔들렸다. 다시 한 번 반대쪽 뺨을 맞고 무릎을 꿇었다.

파천마는 그런 도백종의 곁을 지나치며 말했다.

"그동안 수련을 게을리 한 벌이다."

"관대함에 감사드립니다."

벌을 따귀 두 대로 끝냈으니 관대함에 감사함을 가질 만했다.

파천마는 탁자의 가장 상석, 비어 있는 그곳에 앉았다.

"연자흠."

이름을 부르자 연자흠이 급히 허리를 숙였다.

"네. 주군."

"못 본 사이 많이 늙었구나."

강산도 변한다는 십 년이 흘렀으니 연자흠의 주름이 더 깊어지는 건 당연했다.

“주군께서는 더 젊어지신 것 같습니다.”

“환골탈태를 했으니까.”

“네?”

“후후후… 그러지 않고서야 어찌 이처럼 젊어질 수가 있겠느냐?”

장내는 경악으로 물들었다.

무공은 분명 파천마였으나 전혀 달라진 오모 때문에 한 점의 의심은 가지고 있었다.

그런데 환골탈태라니!

그것에 관한 얘기는 들어봤으나 실제로 그런 일이 일어날 수 있다고 믿는 사람은 만에 하나도 되지 않았다.

하지만 서른여섯 명 중 대여섯은 곧 고개를 끄덕였다.

다른 사람도 아니고 파천마다. 그는 환골탈태보다 더한 일도 해낼 수 있는 사람이었다.

“오다 보니 좋지 않은 소식이 들리더구나.”

“마교 말씀입니까?”

“놈들이 내 바다에서 고기를 잡고 있는 동안 너희는 뭘 했느냐?”

“말씀드리기 송구하오나 패왕성은 한 번도 무림의 일에 관여한 적이 없습니다.”

하긴 그들은 존재하는 것만으로 무림의 가장 큰 세력이었지만 실제로 패왕성이라는 이름하에 움직인 적은 단 한 번도 없었다.

"나도 환골탈태를 했으니 패왕성도 달라져야지."

연자흠은 숙였던 고개를 번쩍 들었다.

"마교와 싸우실 생각이십니까?"

"과거의 망령은 과거로 돌아가는 게 맞지. 다들 오래 쉬었을 테니 녹슨 무기를 깨끗이 닦아라. 그동안 권력다툼하느라 배에 기름이 낀 건 아니겠지?"

그 말에 찔끔하는 사람이 몇 명 있었다.

"선봉은 제가 서겠습니다."

볼이 벌겋게 부어오른 도백종이 앞으로 나섰다.

"사흘 안으로 출정 준비를 끝내라."

*　　　*　　　*

천무백은 실로 오랜만에 자신의 방에 들어왔다. 십 년 넘게 자리를 비웠는데 먼지 한 점 없이 깨끗했다.

사소하지만 수하들의 충성심을 엿볼 수 있는 대목이었다.

예전에는 그를 신처럼 모시는 것이 당연하게 생각되었다.

그때는 천하가 자신의 것이었고 싸워볼 신이 없다는 게 원망스러운, 그야말로 오만한 시절이었다.

그가 곧 신이었고 수하들은 신을 받드는 하찮은 인간일 뿐이었다.

하지만 오늘 삼십육마인을 만나고 나니 그 모든 게 낯설었다.

비단 세월이 흐른 탓은 아니었다. 황세은으로 산 세월이 그를 이처럼 바꿔놓았다.

이래서는 안 된다. 그는 철저히 파천마가 되어야 한다.

예전의 그 강하고 비정한 인간으로 돌아가야 한다.

비록 그때의 모습이 싫다고 해도 파천마가 되어서야 비로소 패왕성을 제대로 통솔하고 마교와의 싸움에서 이길 수 있다.

"주군. 들어가도 되겠습니까?"

연자흠이다. 들어오라는 허락이 떨어지자 연자흠이 문을 열고 조심스럽게 발을 들여놓았다.

연자흠은 저처럼 그의 앞에서 한결같이 공손했다.

"무슨 일이냐?"

"마교와 싸우려면 구체적인 계획을 세워야 하지 않겠습니까?"

"연자흠."

"네, 주군."

"무슨 생각을 하는 것이냐?"

“전 마교와의 싸움에서 이길 수 있는 방도를…….”

“내게 계획을 세우라고? 십 년 사이에 내가 누군지 잊은 것이냐?”

연자흠은 황급히 허리를 숙였다.

“죄송합니다.”

“한쪽 귀를 잘라라. 어느 쪽을 자를 것인지 선택하는 자비를 베푸마.”

흠칫 몸을 떤 연자흠은 양손을 모두 올려 귀를 잡아뗐었다.

하나만 자르라고 했는데 두 개 모두를 뗀 것이다.

쭉 뻗어 나온 피가 바닥을 적셨다.

“방을 더럽혀서 죄송합니다. 곧 청소를 하겠습니다.”

“물러가라.”

연자흠은 아무 말도 없이 뒷걸음질을 쳐서 방을 나갔다.

연자흠이 흘린 피 냄새가 후각을 자극해 천무백의 미간에 주름을 만들었다.

천무백은 돌아서서 창가로 갔다.

발아래 놓인 패왕성은 예전 모습 그대로인데 천무백은 전혀 딴 사람이 되었다.

그래서 이런 계획을 세운 것이다.

그가 뿌린 악의 씨앗으로 마교를 없앤다.

두 가지의 악이 모두 사라지면 세상은 그만큼 평화로워질 테니까.

＊　　　＊　　　＊

"흠. 흥미롭군."

공야목의 손에는 전서구가 전해온 서신 한 장이 들려 있었다.

"무슨 내용인데 그러십니까?"

맞은편에 앉은 십이대주신 중 용신 태진중(泰鎭重)이 물었다.

"자네 팔극당을 거느리고 있지?"

"그 외에도 다섯 개 당이 제 휘하에 있지요."

"혹시 팔극당에 소속된 도화민이라는 계집을 아나?"

"물론입니다."

공야목은 의외였다.

"말단 교도까지 안단 말인가?"

"험! 제 기억력이 좀 좋지요. 뭐, 사실 그보다는 그 계집이 좀 특이해서 기억하고 있습니다."

"그 특이한 점이 뭔가?"

"일단 남자를 엄청 밝힌다는 소문입니다. 인물이 반반해서 꽤나 많은 사내가 넘어갔다고 하더군요. 그 사실도 나중에 안

출정(出征) 185

것이고, 도화민이 진짜 유명해진 건 그 끈질김 때문이지요. 일 년 남짓 전에 황세은을 찾으라는 명령을 내리신 적이 있지요?"

"그랬지. 하지만 죽어서 땅에 묻힌 것처럼 흔적조차 없어서 대부분 포기했었지. 내 명령이 아직 철회되지 않았음에도 불구하고 말이야."

태진중은 겸연쩍은 웃음을 머금었다.

"그거야 다른 바쁜 곳에 인력을 투입하다 보니 공백이 생긴 것이지요. 결코 노사의 명령을 가벼이 여긴 건 아닙니다."

"그럼에도 내 명령을 가벼이 여기지 않은 교도가 있군. 여기 이 도화민처럼 말이야."

"그렇죠. 그런데 그걸 어찌 아셨습니까?"

공야목은 태진중에게 서신을 넘겼다. 서신의 내용을 본 태진중이 놀란 표정을 지었다.

"황세은에게 아들이 있었단 말입니까?"

"도화민은 틀림없다고 하는군."

"황세은이 사천성의 창기거리에서 서신 대필을 해줬다는 얘기는 들었습니다만……."

"그때 어떤 창기와 인연을 맺은 모양이야. 그 창기는 몸 파는 걸 그만두고 애를 키우고 있다는군."

"애비 없는 자식을 낳았군요."

“애비가 있는지 없는지는 아직 모르지. 어쨌든 그 아이를 데려오게.”

“네? 데려와서 어쩌시려고요?”

“만약 황세은이 살아 있다면 요긴하게 쓸 수 있을 게야.”

“만에 하나라는 것도 있으니. 알겠습니다. 수하들을 보내 지요.”

“자네가 직접 가게.”

“그깟 어린애 하나 데려오는데 제가 직접이오? 곧 낙일검 문을 치러 출정을 해야 하는데……..”

“조철민이 지키고 있다는군.”

잠시 조철민이 누군지 모르겠다는 얼굴을 하던 태진중이 깜짝 놀랐다.

“낙일검문의 그 조철민 말입니까?”

“조철민이 지키고 있는 걸 보면 황세은의 아이가 틀림없겠지. 실수하지 말게. 설사 황세은이 아니라도 그 아이는 한번 만나보고 싶으니까. 약관의 황세은이 그만한 무공을 지니고 있었으니 필경 무공의 천재일 터. 그 후손은 어떠한지 궁금하군.”

인간의 신체를 연구하는 데 평생을 바친 공야목이다. 천재의 피를 받은 아이이니 연구해 볼 가치가 충분했다.

*   *   *

천무백은 동쪽 창문을 통해 쏟아지는 햇빛을 온몸으로 받고 있었다.

파란 새벽의 기운이 움틀 때 일어나 창가에 서서 한참이나 그렇게 서 있었다.

오늘 드디어 마교와의 전쟁이 시작된다. 무섭다거나 떨리는 건 없었다.

그는 파천마다.

예전의 자신보다 약하기는 하지만 어금니가 조금 상했을 뿐이다.

그에게는 아직 도패군의 목줄을 끊어놓을 한쪽 어금니가 있었고 발톱 또한 날카롭다.

천무백이 잠긴 상념 안에는 전쟁 후의 일이 그려지고 있었다.

모든 것을 버리고 황인하가 살던 곳에서 평생 은거하려고 마음먹었었다.

그런데 갑자기 아들이 나타났다.

물론 모른 척 그냥 지나칠 수도 있다. 그의 의지와는 상관없이 황세은이 하룻밤 연정으로 뿌려놓은 씨앗일 뿐이다.

하지만 황세은이 곧 천무백 자신이라는 걸 부정할 수는 없었다.

자식과 그 자식을 홀로 길러야 하는 어미를 외면하는 것.

양심을 가진 천무백으로서는 외면하기 힘든 두 사람이었다.

그렇다고 거둘 수도 없다. 그는 더 이상 그들이 아는 황세은이 아니기 때문이다.

답이 없는 문제를 안고 끙끙대는 바보 같았다.

'차라리 이 전쟁에서 도패군과 양패구사라도 했으면 좋겠군.'

그 생각 뒤로 쓴웃음이 나왔다.

예전의 그 비정한 파천마가 되기로 했지만 황세은으로 살면서 맺은 인연에게는 그게 잘 되지 않았다.

"싸움이 끝나고 결정해도 늦지는 않겠지."

그의 중얼거림 끝으로 연자흠의 음성이 따라붙었다.

"주군. 들어가도 되겠습니까?"

"들어오너라."

천무백의 명령이 떨어지자 연자흠은 언제나 그렇듯 공손한 몸짓으로 문을 열고 들어왔다.

그의 양쪽 귀에는 허전하게 천조가리가 붙어 있었다.

"출정 준비가 끝났습니다."

"지금 출발하면 한 시진 후에는 호양현(護陽縣)에 도착할 수 있겠군."

가장 가까운 마교지부부터 쓸어버릴 생각이었다. 그렇게 가다 보면 마교의 총본산이 있는 십만대산에 가기 전에 도패군과 맞닥뜨릴 수 있을 것이다.

마교와의 싸움은 칠인회와는 달랐다. 그들의 정체를 밝혀내기 위해 잠입하고 머리를 쓰고 하는 복잡함은 필요 없었다.

마교는 온 천하에 드러나 있고 그것은 패왕성도 마찬가지다.

철저하게 힘 센 자가 승리하게 되는 싸움인 것이다.

"가자!"

*　　　*　　　*

낙일검문의 저력은 대단했다. 이미 마교와의 싸움에 대비를 하고 있었던 듯 기습공격을 당했음에도 전혀 흐트러지지 않았다.

마교진천교도 삼백 명이 투입됐고 다섯 마리의 역천금강수도 동원되었다.

그 외에 천오백의 마교도까지 합세한 싸움은, 그러나 쉽사리 끝나지 않았다.

"물러서지 마라! 화령대(花翎隊)는 동쪽으로 이동해라!"

낙일검문의 소문주 조인도는 싸움터 한복판에서 역천금강수와 싸우면서도 전투의 전체적인 조율을 했다.

그의 몸에 묻은 피는 대부분 마교도의 것이었다.

고작 사백이십 명의 낙일검문인데 천하에서 가장 강한 세력 여섯 개 중 하나답게 쉬이 밀리지 않았다.

도패군은 담장 위에서 전장을 보고만 있었다.

넓은 연무장과 전각 사이에는 점점 시체가 쌓여갔고 피는 내를 이뤄 붉은색으로 흘러내렸다.

어느 쪽도 우위를 점하지 못하고 있으니 이대로 시간이 흐르면 양패구사를 하게 될 것이다.

"구경만 하고 계실 겁니까?"

안전한 담 아래에서 공야목이 물었다. 도패군은 전장에서 시선을 떼지 않은 채 대답했다.

"저쪽도 아직 우두머리가 나오지 않았으니까."

"교주님이 나서시면 조우석도 모습을 드러내겠지요."

"조우석이 나오면 내가 싸우는 걸로 하지."

공야목은 역천금강수와 마교진천교도가 아까운데 도패군은 죽어 나가는 수하가 아무렇지 않은 모양이다.

"이 늙은이를 언제까지 부려먹으려고."

절레절레 흔든 고개가 멈춰질 때 갑자기 굉음이 들렸다.

지금까지 병장기 부딪치는 소리와 비명이 어우러지는 전

장은 충분히 시끄러웠다.

그런데 단 한 번 들린 소리는 고막이 아파 손이 절로 귀로 갈 정도의 굉음이었다.

공야목은 귀를 막으며 전장으로 눈길을 돌렸다.

소리가 어찌나 컸는지 싸우던 자들조차 움직임을 멈출 정도였다.

일순 정지된 장면 속으로 뭔가가 쿵! 떨어졌다.

검은색의 커다란 그것은 역천금강수였다.

가슴이 쩍 벌어져 겨우 등가죽만으로 동강나는 것을 막고 있는 역천금강수는 잠시 버둥대다가 이내 축 늘어졌다.

그리고 도패군이 기다리던 조우석이 나타났다.

왼손에 검을 든 조우석은 오 척 단구의 늙은이였다.

하얀 머리칼을 아무렇게나 뒤로 묶고 허름한 마의를 입은 조우석은, 검 대신 곡괭이를 들었다면 영락없는 촌부의 모습이었다.

얼떨결에 싸움을 멈춘 자들은 서로 놀라 황급히 떨어졌다.

한 마리 역천금강수의 죽음과 조우석의 등장으로 치열한 싸움이 멎었다.

물론 잠깐의 평화일 뿐이다.

장내를 한 차례 훑어본 조우석의 시선이 담 위에 선 도패군에게 고정되었다.

"내 손님 대접이 늦은 것 같구려."

도패군은 무릎도 굽히지 않고 몸을 날려 도패군의 오 장 전면에 천천히 내려섰다.

"늦었어도 아예 하지 않은 것보다는 낫지."

"듣자하니 무슨 구슬에 삼백 년 동안 갇혀 있다가 풀려났다고 하던데, 세상을 좀 다른 방식으로 즐기시지 그랬소?"

"하던 일은 마무리 짓고 즐길 생각이네."

"그리 좋은 일도 아닌 것을 굳이 마치려고 하다니. 쯧쯧쯧……."

"자네가 모르는 세상이니 섣불리 판단하지 말게."

조우석은 검을 지팡이처럼 짚고 말했다.

"도산검림에서 이 나이까지 살았는데 어찌 그걸 모를까. 나이깨나 먹은 양반이 그것조차 모르다니. 세상 헛살았구려."

"제대로 산 자네가 그런 내게 교훈을 좀 내려줄 텐가?"

"그러려고 나왔으니 사양하지 않겠소."

"내가 없는 사이 천하십대고수니 뭐니 하는 이름이 지어졌더군. 자네는 당당히 세 번째에 올라 있고."

"그런 서열이 다 무슨 소용이겠소? 무공이란 자신과의 싸움인 것을."

도패군이 혀를 찼다.

“쯧쯧쯧… 그래서 자네가 첫 번째에 이름을 올리지 못하는 거야. 적을 반드시 죽여야겠다는 살심이 있어야지.”

“걱정 마시오. 교주의 거시기 정도는 능히 베어버릴 실력은 되니. 아! 그러고 보니 교주 거시기가 없다는 소문이 있던데. 좀 보여주실 수 있겠소?”

“흐흐흐……. 싸우는 방법은 아는구나. 하지만 격장지계는 실력이 비슷한 상대에게 써야지. 아니면 그 죽음만 더 고통스러워질 뿐이다. 지금의 너처럼.”

도패군이 조우석을 향해 걸음을 내딛었다. 오 장이면 그들 같은 고수에게는 숨결이 닿을 정도로 가까운 거리다.

그런데 도패군은 양팔을 늘어뜨린 채 계속 거리를 좁혀갔다.

두 사람의 사이가 불과 일 장 남짓 남았을 때 조우석이 움직였다.

지팡이처럼 짚고 있던 검을 들어 휘두르는 동작은, 잔상을 일으킬 정도로 빨랐고 그사이 눈을 시리게 하는 짙푸른 검강까지 쭉 뻗어 나왔다.

정말 도패군의 거시기를 노리는 것처럼 검강은 골반을 베어왔다.

팔을 아래로 내려 검을 막는 도패군의 소매는 돼지의 방광처럼 부풀어 있었다.

파앙!

두 개의 힘이 부딪친 후 찾아온 여력은 작은 폭풍이 이는 것 같았다.

두 사람의 반경 삼 장을 제외한 땅이 움푹 들어가더니 자잘한 흙을 머금은 기운이 사방으로 폭발했다.

두 사람의 충돌로 일어난 그 폭발은 일류고수의 무공보다도 훨씬 위력적이었다.

가까이 있던 자들은 황급히 물러서며 방어를 했고 십여 명은 미처 피하지 못하고 몸에 수백 개의 구멍이 뚫렸다.

폭풍의 위력이 채 가시기도 전에 조우석의 두 번째 공격이 이어졌다.

위에서 아래로 내려친 검은 정확히 도패군의 이마를 향해 있었다.

도패군은 다시 한 번 부푼 소매로 공격을 막았다.

이미 경험을 했기 때문에 십 장 안쪽에 있는 자들은 전부 뒤로 물러섰다.

다시 한 번 굉음이 울리고 똑같은 폭풍이 사방으로 퍼져 나갔다.

두 사람은 여전히 그 자리에서 움직이지 않았다.

"이게 다인가? 실망인데."

도패군의 말에 조우석의 입술 끝이 실룩였다.

“시작일 뿐이오.”

그들은 대화를 하는 여유까지 부렸지만 싸움은 여유를 부릴 상황이 아니었다.

우웅—!

벌떼의 날갯짓 같은 소리를 내며 조우석의 검이 움직였다.

화려한 초식이나 천하십대고수에게 어울리는 빠르기도 없었다.

삼류무사도 조우석이 휘두르는 검의 속도는 낼 수 있을 것이다.

하지만 도패군에게 부딪친 그것은 조우석이 아니면 펼칠 수 없는 검법이었다.

파방! 파방! 파방!

한 번의 휘두름이었는데 한 번이 아니었다. 수십 개의 검이 연속으로 공격을 가하는 것 같았다.

그렇다고 이전보다 위력이 떨어지지도 않았다.

두 사람이 만들어낸 폭풍은 계속 사방으로 퍼졌고 이젠 십 장 밖에서도 안전하지 못했다.

채 일 장도 떨어지지 않은 두 사람은 쉼없이 공수를 반복했다.

공격을 하는 조우석은 당연했고 막는 도패군도 물러섬이 없었다.

단지 두 사람의 발이 땅속으로 두 치쯤 파고들었을 뿐이다.

싸움을 보고 있는 공야목은 절로 손에 힘이 들어갔다.

무공에 대해 모른다고 했지만 펼치지만 못할 뿐 그보다 잘 아는 사람은 많지 않을 것이다.

그런데 지금 두 사람이 만들어내고 있는 장면은 공야목이 상상조차 하지 못했던 싸움이다.

도패군이야 이미 입신의 경지에 이르렀다는 걸 알고 있었다.

그래서 파천마를 상대하지 않는 다음에야 걱정할 게 없었다.

하지만 조우석이 그 생각을 바꿔놓았다.

역천금강수를 거의 반 토막 낸 것으로 저 검의 위력을 짐작할 수 있었다.

그런데 저런 위력의 공격을 저처럼 쉬지 않고 할 수 있다는 건 놀라움 그 자체였다.

도패군이 이길 것이라는 믿음은 여전했으나 조우석의 무공은 만에 하나를 생각하게 할 만큼 대단했다.

실제로 도패군은 여전히 제자리에서 꼼짝하지 못하고 방어만 하고 있었다.

처음부터 싸움의 방식을 잘못 택했다.

하긴 저처럼 지척에서 싸우는 걸 가장 좋아하는 도패군이다.

상대의 숨결을 느끼며, 체취까지 맡으면서 싸우는 걸 즐긴
다.

상대가 되지 않는 자들이야 손 한 번 저으면 끝나지만, 그
나마 어울릴 수 있는 고수를 만나면 꼭 저렇게 가까이서 전투
를 벌였다.

쉽게 끝날 싸움이 아니었기 때문에 공야목은 다른 쪽을 살
폈다.

피가 내를 이룰 만큼 치열하던 싸움은 멎어 있었다.

심지어 역천금강수마저 본능적으로 싸움을 지켜보는 중이
었다.

도패군과 조우석.

둘의 싸움이 이 전장의 승패나 마찬가지였다.

공야목은 다시 두 사람에게 시선을 옮겼다. 싸움의 양상은
그대로였다.

끊임없이 몰아치는 조우석은 지친 기색조차 보이지 않았
다.

문득 조우석에 대해 잘못 알고 있었는지도 모른다는 생각
이 들었다.

이제까지 낙일검문을 남겨둔 것은 언제든지 무너뜨릴 수
있다는 자신감 때문이었다.

더구나 낙일검문은 마교가 등장해서 천하를 뒤엎는 동안

그저 침묵만 지키고 있었다.

만약 낙일검문이 정파와 손을 잡고 조직적으로 저항했다면 이처럼 쉽게 천하를 얻지는 못했을 것이다.

공야목은 조우석의 아둔함이 이런 결과를 만들었다고 생각했다.

그런데 어쩌면 큰 오산일지 모른다.

낙일검문이 마교를 지켜볼 수 있었던 것은 자신감이었을 거란 생각도 들었다.

세력으로 따진다면야 낙일검문이 한창 서를 불린 마교에 비교도 되지 않지만, 어차피 마교는 곧 도패군일 수밖에 없다.

도패군이 사라지면 마교는 순식간에 와해될 조직이다.

그것이 문주와 장로 등의 체계를 세우며 오랜 세월 역사를 이뤄온 문파와 차이점이면서 마교의 약점이기도 하다.

그래서 조우석은 그 약점을 파고든 것이라는 생각이 들었다.

괜히 정파와 손을 잡고 마교와 싸우느라 전력을 갉아먹느니 오늘처럼 단 한 번으로 결판을 내자는 그런 계획 말이다.

천하의 낙일검문을 치는데 도패군이 나서지 않을 리가 만무한 노릇.

결국 우두머리끼리 일대일의 대결은 불가피한 상황이다.

그 싸움에서 승리하면 천하에 드리운 마교의 그늘은 단숨에 걷힐 수밖에 없었다.

공야목의 예상이 맞을 경우 조우석의 자신감은 충분히 그럴 만했다.

눈이 시리도록 푸른 검강은 여전히 쭉 뻗어 있고, 도패군을 향한 공격은 처음 위력을 고스란히 담고 있었다.

도패군이 밀리고 있지는 않지만 반격할 여지도 없었다.

저 싸움은 체력과 공력이 누가 빨리 소진되느냐에 승패가 갈리게 된다.

조우석의 기세로 보아 앞으로도 한참 동안은 저 상태로 미친 듯이 검을 휘두를 수 있을 것 같았다.

도패군도 겉으로는 여유가 있는 것 같지만 발뒤꿈치가 앞쪽보다 깊숙하게 땅을 파고들었다.

물러나지 않기 위해 안간힘을 쓰고 있다는 증거였다.

저렇게 코를 맞댄 싸움에서 물러나는 건 곧 패배를 의미한다.

제자리에서도 감당하지 못한 공격을 뒷걸음치며 어찌 받아낼 수 있겠는가 말이다.

'좋지 않군. 좋지 않아.'

도패군을 상대할 수 있는 인물은 오직 파천마밖에 없을 줄 알았다.

그런데 오늘 보니 괜히 천하십대고수 중 세 번째에 놓인 것이 아니었다.

공야목은 슬쩍 역천금강수를 봤다. 팽팽한 저 싸움에서는 깃털만 한 변수라도 승패를 좌우할 수 있었다.

역천금강수가 조우석을 친다면 도패군은 쉽게 승기를 잡을 것이다.

오직 이기는 것만 생각한다면 당장 그리할 테지만, 그랬다가는 도패군이 그의 목을 비틀 게 분명하다.

'교주께서 지면 죽는 목숨이다.'

어차피 죽을 바에야 마교의 영광을 이루는 데 한줌 거름이 되어 죽는 게, 패자의 멍에를 쓰고 비참하게 최후는 맞이하는 것보다는 나았다.

공야목은 여의흑혼적(如意黑魂笛)을 꺼냈다.

개량된 역천금강수는 스스로 피아를 구분할 수 있었지만, 여의흑혼적은 그런 역천금강수를 마음대로 조종할 수 있었다.

그가 손바닥의 땀을 닦고 여의흑혼적을 쥐었을 때 도패군의 몸이 뒤로 휘청 꺾이더니 한 발짝 물러섰다.

기어코 힘에서 밀린 것이다. 저 무지막지한 공격을 지금까지 받아낸 것도 도패군이기에 가능한 일이었다.

"젠장!"

공야목이 여의흑혼적을 입으로 가져가는 그 짧은 순간에 조우석은 스물여섯 번이나 검을 휘둘렀다.

귀청이 떨어져 나가는 듯한 굉음이 계속되며 물러나는 도패군의 속도가 빨라졌다.

저 상태에서 바늘 끝만 한 빈틈이라도 생기면 그것으로 끝이다.

여의흑혼적이 입술에 닿고 불기 위해 숨을 들이쉬었다.

그때 처음으로 도패군이 방어가 아닌 공격의 몸짓을 보였다.

내려뜨린 양팔을 바깥쪽으로 펼치더니 앞으로 쭉 뻗었다.

그와 동시에 조우석의 검 또한 도패군의 정수리를 향해 떨어졌다.

도패군이 어떤 식으로 공격을 할지 모르지만 저 상태라면 양패구사는 명약관화한 귀결이었다.

하지만 공야목은 여의흑혼적을 불지 못했다. 역천금강수가 끼어들기에는 너무 늦어버렸다.

쩌엉!

거대한 쇳덩이 두 개가 부딪치는 것 같은 소리와 함께 붉은 빛이 터져 나왔다.

워낙 강렬한 불빛이었기 때문에 공야목은 순간적으로 고개를 돌렸다.

그 때문에 잠시 싸움에서 눈을 뗐고 다시 장내를 보았을 때
는 예상과 전혀 다른 광경이 펼쳐져 있었다.

둘 모두 피를 흘리며 쓰러질 거라는 예상은 서투른 점쟁이
의 점처럼 빗나가 버렸다.

두 사람은 싸움이 시작된 후 가장 먼 삼 장 거리를 두고 서
있었다.

머리칼을 묶고 있던 끈이 끊어져서 조우석은 산발을 한 모
습이었다. 마지막 일격이라고 확신했는데 도패군을 죽이지
못했으니 기분도 좋지 않을 것이다.

도패군 또한 머리를 위로 치켜 묶었던 장식 띠가 사라져서
머리칼이 어깨를 덮고 있었다.

이마에서 피가 흘렀지만 그리 많은 양은 아니었다. 죽을 수
도 있었는데 저 정도의 피해로 그쳤으니 다행이었다.

그리고 도패군의 손에는 두 자루의 칼이 들려 있었다.

칼날만 다섯 자에 이르는, 대단히 길지만 폭은 채 세 치가
안 될 정도로 좁은 기형적인 칼이었다.

공야목은 도패군이 무기를 쓰는 것을 한 번도 본 적이 없었
다. 당연히 저 두 개의 칼도 낯설었다.

'역시 교주님답군.'

입속의 혀처럼 마음대로 부릴 수 있는 공야목에게조차 감
추는 게 있었다.

"후—! 우습게 봤다가 큰코다칠 뻔했네."

"아직 다칠 기회는 많이 있소."

"아니."

도패군은 두 개의 칼을 멋스럽게 빙글 돌렸다.

"내 손에 이게 쥐어진 이상 네게 더 이상 기회는 없다. 참고로 이름은 적이창(赤異槍)이라는 걸 알려주지."

"내 눈에는 칼처럼 보이는구려."

"날 궁지에 몰아넣으면 적이창의 진정한 모습을 보게 될 거다. 하지만 그런 일은 일어나지 않을 테니 아쉽군."

도패군은 두 자루의 칼을 땅과 수평이 되도록 나란히 펴서 조우석을 가리켰다.

우웅!

칼이 부르르 떨면서 작은 울음을 토해냈다.

조우석은 도패군이 초식을 펼치기를 기다리지 않았다. 선수를 빼앗기는 우를 범하지 않기 위해서 조우석이 먼저 땅을 박찼다.

가슴 앞에 검을 비스듬히 눕히고 도패군에게 짓쳐드는 조우석은 검강에 휩싸여서 거대한 파도를 보는 것 같았다.

조우석이 이 장 가까이 다가올 때 도패군의 칼이 위에서 아래로 까딱 움직였다.

폭이 한 뼘도 되지 않을 정도로 작은 폭이었다. 그런데 붉은 기운이 조우석을 향해 쏘아져 갔다.

화들짝 놀란 조우석은 검을 횡으로 그어 붉은 도강을 쳐 냈다.

쩡!

쇠의 갈라짐 같은 소리와 함께 무섭게 다가오던 조우석이 뒤로 쭈욱 밀려났다.

제자리에서 빙글 돈 도패군이 한 발을 내딛으며 칼을 휘둘렀다.

붉은 도강은 마치 불덩이처럼 조우석에게로 쏘아졌다.

조우석은 다시 검을 들어 막았다. 붉고 푸른 두 기운이 허공에서 부딪쳤다.

공야목은 황급히 귀를 막았다. 그럼에도 고막을 바늘로 쑤셔대는 것처럼 아팠다.

그만큼 거대한 소리는 그에 어울리는 결과를 만들어냈다.

두 사람 사이의 땅이 갈라지며 솟구쳤다.

집채만 한 바위가 물로 떨어져 물이 튀기는 것처럼 그렇게 흙이 하늘로 치솟았다.

먼지 때문에 두 사람의 모습이 제대로 보이지 않았지만 강렬한 붉고 푸른 빛은 그 사이에서 계속 움직였다.

그리고 어느 순간 아무것도 보이지 않았다. 계속 흙더미가 튀어올라서 아무리 안력이 강한 사람도 두 사람의 싸움을 보지 못했을 것이다.

그래서 모두 숨 죽이고 먼지가 가라앉기를 기다렸다.

후두둑! 후두둑!

높이 치솟았던 흙이 비처럼 쏟아졌다.

굵은 흙이 가라앉고 자잘한 먼지가 부유하면서 차츰 옅어졌다.

희미한 형태로 두 사람이 오 장을 사이에 두고 서 있는 것이 보였다.

바람도 없는데 먼지는 좌측으로 빠르게 이동해서 곧 두 사람이 모습을 선명하게 드러냈다.

뭐가 어떻게 된 건지 알 수 없었다. 도패군의 이마에 원래 있던 상처 외에는 둘 중 누구도 외상의 흔적은 보이지 않았다.

도패군이 입을 열었다.

"내가 말했잖느냐. 적이창의 진면목을 보기에는 아직 부족하다고."

그리고 돌아섰다.

그것을 기다렸다는 듯 갑자기 조우석의 왼쪽 가슴에서 피가 터졌다.

폭발하는 것처럼 피가 뿜어져 나오는 것은 내력으로 상처를 막고 있었기 때문이다.

하지만 심장이 뚫린 이상 오래 버틸 수는 없었다.

그렇게 조우석은 뒤로 천천히 쓰러졌다.

털썩!

작은 몸뚱이는 한 뼘쯤 튀어오른 후 움직임을 멎었다.

오랜 세월 낙일검문을 천하제일문으로 이끌었던 천하십대 고수 중 세 번째의 조우석은 그렇게 심장이 터져서 죽었다.

"아버님—!"

조인도의 절규는 이 싸움의 끝을 의미했다.

'생각보다 어렵게 하나의 산을 넘었군. 이제 남은 건 파천 마뿐인가?

第六十二章　도주

破天魔
파천마

낙일검문마저 무너졌다.

어찌 보면 마교라는 파도 앞에서 유일하게 버티던 거목이
었다.

객관적으로야 마교의 상대가 되지 못할 것임을 알고 있었
지만 그래도 혹시나 하는 마음이 있었다.

조우석이라는 이름 석 자는 비록 오래도록 칩거 상태이기
는 하였으나 기대를 가지게 하기에 충분했다.

그럼에도 그 충분함이 도패군에게는 미치지 못했다.

이제 정파는 완전히 사라지고 세상은 오직 두 개의 마도만

이 남았다.

패왕성과 마교.

원래대로라면 패왕성 또한 마교의 발밑에 무릎을 꿇을 것이라고 예상했겠지만 지금은 다르다.

파천마. 그가 돌아왔다.

고금제일악인이면서 고금제일무공을 지녔던 사상 최강의 인간.

살아 있는 전설인 그가 부활한 전설을 향해 전쟁을 선포했다.

패왕성의 삼십육마인을 대동하고 휘하 천이백 명의 마도인을 거느린 파천마는, 마교의 지부들을 차례차례 무너뜨리며 십만대산을 향해 거침없이 나아갔다.

단 사흘 사이에 다섯 곳의 마교지부가 풍비박산이 났다. 풍문에 의하면 살아남은 마교도가 단 한 명도 없을 정도로 씨를 말렸다고 한다.

이제 진정으로 무림의 제왕을 가릴 결전이 시시각각 다가오고 있었다.

무림 역사상 유례가 없는 마와 마의 대결이었다.

살아 있는 전설과 부활한 전설.

누가 이길지는 아무도 장담하지 못했다.

                         *   *   *

와직!

조우석의 죽음을 들은 순간 손안의 찻잔이 산산조각 부서졌다.

애정보다는 원망이 더 큰 사람인 줄 알았는데, 분노와 슬픔을 느끼는 걸 보면 피란 어쩔 수 없는 모양이다.

조철민은 잔의 부스러기를 털어내고 일어났다.

두 사내는 여전히 심심풀이로 무림의 동향을 이야기하며 역시 조우석이 도패군의 상대로는 부족했다는 얘기를 해댔다.

조철민은 두 사내의 뒤통수를 눌러 탁자에 처박은 후 찻집을 나왔다.

유난히 강렬한 햇살이 눈살을 절로 찌푸리게 했다.

낙일검문이 무너졌다.

늘 불안하게 생각하고 있었다.

마교가 세상을 지배한 지금, 정파의 남은 세력은 낙일검문뿐이다.

그런 낙일검문을 마교가 그냥 놔둘 리 없었다.

그녀가 알 듯 조우석도 그걸 알고 있었을 것이다. 그래서 뭔가 대책을 세워놓았을 거라 믿었다.

세상에서 가장 강한 검법을 지닌 조우석은 무력뿐 아니라 머리도 나쁜 사람이 아니었다.

그래서 기대를 했는데 바보처럼 당하고 말았다.

각오를 하고 있어서인지 사내들의 대화를 들었을 때 조우석의 죽음을 바로 받아들였다.

조우석의 죽음은 곧 낙일검문의 몰락을 의미한다.

조우석이 죽었는데 조인도라고 무사할 리 없었다.

한날에 조부와 부친을 모두 잃은 그녀는 날카로운 햇볕이 내리쬐는 대로의 한가운데에 멍하니 서 있었다.

막연한 답답함만이 가슴을 짓누를 뿐 두 사람의 죽음이 현실로 다가오지는 않았다.

그들의 죽음을 인정하는 이성은 이미 머리에 들어와 있는데, 감정은 아직 저 멀리 있어서 가슴을 찾아오지 못했다.

어쨌든 돌아가야 한다.

황세은을 알고 난 후 염증을 느꼈던 낙일검문이지만 그것은 애증에 가까웠다.

가문이 멸문의 화를 당했는데 이곳에서 한가롭게 황세은을 기다릴 수는 없었다.

마침 황세은도 파천마라는 이름으로 마교와 싸움을 시작했다.

그 전장에 합류하는 것도 나쁜 생각은 아니었다.

챙길 짐은 없었다. 검은 항상 지니고 다녔고 노자도 넉넉했다.

이대로 떠나기만 하면 된다.

그녀는 홍락가가 있는 쪽으로 시선을 돌렸다. 마지막으로 황세은의 아들 황선우의 얼굴이라도 보고 가고 싶었다.

그저 말없이 지켜보는 사이 정이 든 모양이다. 황세은이 연관된 모든 것은 언제나 그녀의 마음을 약하게 만든다.

하지만 그녀는 그냥 떠나기로 마음먹고 돔을 돌렸다. 그런데 그녀의 시야 끝에 걸린 이가 신경을 긁었다.

낯이 익다. 그리고 곧 며칠 전 골목에서 본 적이 있는 여인이라는 걸 기억해 냈다.

다시 고개를 돌렸을 때 여인의 얼굴은 보이지 않았다.

하지만 좁은 골목으로 쏙 들어가는 옷자락을 놓치지 않았다.

그저 우연히 그곳에 있었던 것일 수도 있다. 하지만 여인이 그녀를 지켜보고 있었다는 인상을 지울 수가 없었다.

이곳에서 살면서 같은 얼굴을 여러 번 만나는 건 이상한 일이 아니다.

하지만 조철민을 살피는 듯한 사람은 아직 보지를 못했다.

조철민은 갈등했다.

이대로 발길을 낙일검문으로 돌리느냐, 아니면 찜찜함을

해소하기 위해 여인을 쫓아가느냐.

결국 조철민은 후자를 택했다.

어차피 가문은 무너졌다. 그녀가 간다고 죽은 조우석이나 조인도가 살아오지는 않는다.

하지만 만에 하나 여인이 그녀를 감시하는 것이라면 황선우가 위험할 수도 있다.

물론 그녀가 목표일 수도 있으나 같은 장소에 황세은의 아들이 있으니 둘 다를 생각해야 한다.

알아보기 가장 빠른 방법은 여인을 잡는 것이었다.

그래서 여인이 사라졌던 골목으로 빠른 걸음을 옮겼다.

많은 사람이 오가는 대로와 달리 집들이 옹기종기 모인 골목은 한산했다.

구불구불하게 이어진 골목의 초입에서는 여인을 발견할 수가 없었다.

조철민은 골목 안으로 몇 발짝을 옮기다 이내 담 위로 올라갔다.

집 안에서 세수를 하던 사내가 놀란 눈으로 그녀를 봤다.

조철민은 담 위에서 사방을 훑어본 후 지붕 위로 훌쩍 뛰어올랐다.

그리고 다닥다닥 붙은 지붕을 통해 이동했다.

뒤를 돌아본 도화민은 걷는 속도를 늦췄다. 조철민이 그녀를 발견했을 때는 간이 떨어지는 줄 알았다.

좁은 동네에서 같은 사람을 연달아 만난다고 특별히 이상하게 생각할 건 없지만, 그래도 때가 때이니만큼 조심해야 한다.

도화민은 연신 뒤를 돌아보며 걸음을 옮겼다.

조철민을 감시하는 게 좋겠으나 더 중요한 일이 있으니 무리할 필요는 없었다.

그녀가 막 골목의 모퉁이를 돌 때 갑자기 머리 위에서 들어오는 공격이 느껴졌다.

황급히 앞으로 굴러 피한 후 벌떡 일어선 도화민은 아차 싶었다.

공격을 한 조철민은 일 장 앞에서 팔짱을 낀 채 서 있었다.

이번 공격은 도화민을 해치려고 했던 게 아니라 단지 시험이었을 뿐이다.

만약 조철민이 그녀를 죽이려고 했다면, 죽는지도 모른 채 저승 문을 두드리고 있을 것이다.

"뭐, 뭐하는 짓이죠?"

도화민은 짐짓 발끈해서 소리쳤다.

"마교의 끄나풀인가?"

"대체 무슨 소릴 하는 거예요!"

"난 고문에는 그리 익숙지가 못해서. 하지만 어떻게 하면 가장 아픈지는 알고 있지. 조절을 잘 못해서 죽을지도 모르니 그건 각오해."

도화민은 주춤 물러섰다.

"나, 난 그저 홍락가에서 몸을 파는 계집일 뿐이에요."

"내 발에 맞고 기절했으면 그걸 믿어줬을 텐데 이미 늦었군."

조철민이 다가왔다. 도화민은 물러서면서 어디선가 구원의 손길이 뻗쳐오기를 바랐다.

연락을 넣은 지 한참 되었으니 본산에서 사람이 도착할 때가 되었다.

하지만 마침 이때 도착해서 그녀를 구한다는 건 행복한 이야기에서나 가능한 일이다.

다가오는 조철민의 표정을 보아하니 어떤 말로도 넘어갈 것 같지 않았다.

도주는 생각도 할 수 없는 게 세 발을 떼기 전에 붙잡힐 것이다.

"내게 원하는 게 뭐냐?"

도화민은 더 이상 시치미를 떼지 않았다. 일단은 이곳에서 살아 나가는 게 급선무였고 그러려면 협상을 잘 해야 한다.

"날 감시하는 이유는?"

“그걸 알려주면 날 보내줄 테냐?”

“중요한 정보와 쥐새끼 한 마리면 교환할 가치가 충분하지.”

“그 약속을 어떻게 믿지?”

조철민이 다가왔다.

“일단 다리를 부러뜨려 놓으면 내 약속을 믿고 싶겠지.”

도화민은 황급히 팔을 들어 조철민의 접근을 막았다.

“알았어. 사실 비밀이라고 할 것도 없으니까.”

“그 하찮은 사실을 말해봐.”

“널 감시하기 위해서지. 너도 소문은 들었을 거 아니야? 마교가 낙일검문을 무너뜨렸어. 널 감시하는 건 당연한 거 아니야?”

조철민은 눈살을 찌푸렸다. 도화민의 말이 사실인지 파악하기 위해 머리를 굴리는 게 눈에 훤히 보였다.

“본산에서 이곳으로 사람을 파견했어. 날 죽일 그 촌각의 시간이라도 아껴서 도망치는 게 좋을 거야.”

“내가 여기 있는 건 어떻게 알고?”

“천하에 본 교의 이목이 미치지 않은 곳은 없어. 사실도 알았고 하찮은 날 죽여봐야 무슨 이득이 있겠어? 안 그래?”

도화민은 황선우를 발견했다는 사실을 숨김과 동시에 목숨을 건지기 위해 필사적이었다.

　살아남는 것. 그것은 도화민에게 언제나 가장 중요한 목적이다.

　조철민은 여전히 그녀를 노려보고 있었다. 그녀의 생사를 저울질하고 있는 것이 눈에 보였다.

　자신의 아버지와 할아버지를 죽인 마교 소속이니 살의를 느끼는 건 당연했다.

　"사실을 알려주면 날 죽이지 않겠다고 약속했잖아. 난 네 약속보다 훨씬, 깃털처럼 가벼운 존재라고."

　이윽고 조철민이 입을 열었다.

　"꺼져."

　도화민은 조철민의 마음이 바뀔까 봐 재빨리 돌아서서 뛰었다.

　비밀도 누설하지 않았을 뿐더러 목숨까지 건졌다.

　"멍청한 계집애. 호호호!"

　역시 자신은 머리가 좋다는 자화자찬을 하며 골목의 모퉁이 세 개째를 도는 순간 우뚝 걸음을 멈춰야 했다.

　일 장 앞에 조철민이 서 있었다.

　"뭐, 뭐야? 변덕 잦은 계집애처럼 마음이 바뀐 거야?"

　"한 가지 깜빡한 게 있어서."

　"그, 그게 뭔데?"

　"처음 너와 내가 만났을 때 넌 날 보고 놀랐지. 그런 곳에서 사람을 만나면 놀랄 수도 있다고 생각했었는데 내가 있는 곳을 알고 있었으니 놀랄 이유가 없잖아? 더욱이 내 눈에 그렇게 노골적으로 띌 이유도 없고.”

“실수였을 뿐이야.”

조철민은 도화민과의 거리를 좁혔다.

“내가 여기서 널 그냥 보내면 그게 실수겠지.”

“이, 이봐. 난 사실대로 말했어. 대체 왜 이러는 거야?”

“마지막으로 기회를 주겠어. 딱 한 마디만 뱉을 수 있고 그것이 네 목숨을 결정지을 거야. 넌 왜 여기에 있는 거지?”

순간적으로 도화민의 머릿속에는 수만 가지의 생각이 스쳤다.

목숨을 걸고 계속 거짓말을 치느냐, 사실대로 말하고 목숨을 구걸하느냐.

마교에 대한 충성심도 중요했다. 모두가 마교를 버릴 때도 그녀는 꿋꿋이 마교를 따랐다.

그것만 봐도 도화민의 충성심을 의심할 수는 없었다.

하지만 언제나 그렇듯 도화민에게 가장 중요한 것은 자신의 목숨이다.

살아 있어야 충성을 하든 배신을 하든 할 수 있기 때문이다.

“황선우.”

결국 그 이름을 뱉어버렸다. 놀란 조철민이 다가오던 걸음을 멈췄다.

"그 아이가 누군지 알고 있단 말이냐?"

"나도 몰랐지. 황세은을 찾고 있던 중 너로 인해 우연히 알게 되었을 뿐이야. 그 아이가 황세은의 아들이라는 걸. 어찌 보면 네가 길잡이가 되어준 거지. 너와 내가 처음 만났던 그날 밤에."

'내가 황선우를 찾은 건 네 잘못이야' 라는 뜻이었고, '그러니 네 잘못을 내 탓으로 돌리지 말고 날 보내줘' 라는 희망도 섞인 대꾸였다.

"그럼 마교에서도 알고 있겠군."

"본산에서 이곳으로 고수를 파견했다는 말은 거짓이 아니야. 도착할 시간이 얼마 남지 않았… 억!"

도화민은 고통을 느끼고서야 조철민이 자신의 가슴에 검을 꽂았다는 걸 깨달았다.

목숨을 구걸할 시간도 없이 싸늘한 쇠붙이가 생명을 앗아가고 있었다.

"야, 약속……."

"널 살려주겠다는 약속 같은 걸 한 기억은 없군."

검을 뺀 조철민은 조금의 머뭇거림도 없이 돌아섰다.

조철민이 기우뚱 옆으로 누웠지만 사실은 자신이 땅에 쓰러진 것이다.

그렇게 삶을 최고의 미덕으로 삼았던 도화민은, 젊은 나이에 죽음을 맞았다.

무림이란 살고자 발버둥 친다고 목숨을 이을 수 있는 그런 곳이 아니었다.

＊　　＊　　＊

"왜 이러는 거예요!"

조철민이 와서 다짜고짜 황선우를 품에 안자 왕서연이 기겁을 했다.

"일단 가면서 얘기해요."

조철민에게 안긴 황선우가 울음을 터뜨리며 발버둥을 쳤다.

몇 번 보고 인사도 나눴지만 친분이 두터운 사이는 아니었다.

그런데 갑자기 나타나서 납치하듯 황선우를 데리고 가려고 하니 아이나 왕서연 모두 기함을 할 노릇이다.

"아이 내놔요! 이봐요! 누구 없어……!"

짜악―!

조철민은 급한 마음에 왕서연의 뺨을 후려쳤다. 미안하기는 했지만 일단 살고 봐야 한다.

웬만큼 무공에 자신이 있는 조철민이라 할지라도, 이번만은 마음이 조급했다.

지켜야 할 사람이 황세은의 혈육이어서 그랬고, 상대가 마교이기 때문이다.

자신이 이곳에 있다는 걸 알면서 고수를 파견하는 것이다.

마교에서 만반의 준비를 하고 올 게 분명했다. 그러니 이곳에서 두 사람을 지킨다고 장담할 수 없는 상황이다.

그녀에게는 어울리지 않지만 도망치는 게 상책이다.

"잘 들어요. 난 황세은의 친구예요. 지금 마교에서 선우가 세은이의 아들이라는 걸 알고 잡으러 오고 있어요. 그러니 어서 도망쳐야 해요."

전후사정을 전혀 모르는 왕서연이 이해하기에는 너무 짧은 설명이었다.

맞은 뺨을 어루만지는 왕서연의 표정은 그저 어리둥절했다.

"화, 황 공자님의 친구 분이라고요?"

"가면서 설명할 테니 어서 출발해요. 넌 가만히 있어!"

조철민이 힘있게 말을 하자 움찔 떤 황선우가 왕서연의 눈치를 살폈다.

"내가 당신 모자를 해치려고 한다면 굳이 이런 수고를 할 필요도 없어요. 당신이 따라가지 않겠다면 선우라도 데리고 가겠어요. 세은이의 아이는 살리고 봐야 하니까.”

“어, 엄마…….”

“아, 알았어요. 준비할 시간을…….”

“당장 떠나야 해요. 놈들이 언제 들이닥칠지 모르니까. 갑시다.”

조철민은 황선우를 안고 집을 나섰다. 정말 급박한 상황인지, 괜히 설치는 것인지 몰라서 더욱 답답했다.

어쨌든 황선우의 안위가 걸린 일이니 서두르는 게 최선이다.

좌우를 살핀 조철민은 빠르게 골목을 빠져나갔다.

*   *   *

태진중은 밥상 위에 놓인 밥그릇에 손을 댔다. 아직 온기가 남아 있다는 건 그들이 떠난 지 얼마 되지 않았다는 뜻이다.

“멀리 못 갔을 것이다. 주변을 샅샅이 뒤져라.”

기다리기로 한 도화민을 만나지 못해 약간 지체한 것이 조철민으로 하여금 도주할 시간을 줘버렸다.

떠난 지 얼마 되지 않았다고 해도 길은 사방으로 나 있다.

혹시 몰라 주변에 수하들을 풀어놓았지만 놓칠 가능성도

염두에 둬야 한다.

'노사께 좋은 소리는 못 듣겠군.'

돌아가서의 일을 걱정하고 있는데 도화민과 같은 팔극당 소속 수하 한 명이 좋은 소식을 알려왔다.

"아이 한 명을 동반한 여인 두 명이 남쪽으로 갔다는 연락이 왔습니다!"

"당장 그쪽으로 이동해라!"

*　　　*　　　*

사람이 많으면 보는 눈도 많아 좋지 않았다. 그래서 조철민은 산길을 택하기로 했다.

사천성의 산이야 험하기로 이름 높아 왕서연에게는 힘들겠지만 선택의 여지가 없었다.

여기까지 오는 동안 조철민은 황세은에 대해 얘기를 해줬다.

그가 사천성을 떠나 어떻게 살았는지, 무림에서 그의 위치가 어느 정도인지.

하지만 황세은이 파천마라는 얘기는 하지 않았다.

왕서연이 아직은 그것까지 알 필요는 없었다.

영원히 모르는 편이 그녀와 황선우에게 좋을 것이다.

“역시, 황 공자님께서 세상에 이름을 떨치실 줄 알았어요.”

생사조차 모르던 사람이 무림정파의 희망이라는 사실에 왕서연은 눈물까지 글썽였다.

“선우야, 들었지? 내가 항상 말했잖아. 네 아버지는 훌륭한 분이시라고.”

“그런데 왜 우린 도망가는 데요?”

“네 아버지는 자취를 감추었다. 어디에 있는지 아무도 모르지만, 아마 머지않아 나타나서 마교를 몰아낼 거다.”

조철민의 말에 황선우는 큰 눈만 깜빡였다. 아이가 이해하기는 어려운 이야기였다.

산에 난 길은 심한 경사에 폭이 두 자도 되지 않는 좁은 바윗길이었다.

그래서 왕서연은 얼마 오르지도 않았는데 벌써 숨이 턱까지 차올랐다.

조철민으로서는 답답할 정도로 느린 속도였다. 하지만 그녀를 버리고 갈 수는 없는 노릇이다.

한 팔에는 황선우를 안고 다른 팔로 왕서연을 부축하며 허위허위 산을 올랐다.

한 시진쯤 오르자 괜히 산길을 택했다는 후회가 들었다.

남의 눈만 잘 피해 마차를 탔다면 벌써 한참 멀리 가 있을 것이다.

이래저래 마교가 철천지원수였다.

해는 한 시진 전에 정점을 지나 서쪽으로 기울기 시작했다. 산중의 해는 유난히 짧기 때문에 오늘은 산에서 밤을 보내야 할 것 같았다.

조철민이야 무공을 익혀 괜찮지만 황선우와 왕서연이 걱정이었다.

자칫 병이라도 얻으면 가는 길이 더욱 힘들어질 테니 말이다.

두 사람을 들고 끌면서 한참 가던 조철민은 우뚝 걸음을 멈췄다.

그들 외의 인기척이 느껴졌기 때문이다.

"잠깐!"

"왜……?"

"쉿!"

왕서연의 입을 닫은 조철민은 귀를 기울였다. 확실히 그들이 지나온 곳에서 기척이 들렸다.

풀잎이 스치는 속도가 제법 일정하고 한둘이 아닌 것으로 보아 짐승일 가능성은 없었다.

바위 뒤에 두 사람을 숨긴 조철민은 귀를 쫑긋 세웠다.

'젠장!'

들리는 걸음걸이로 아래에 있는 자들이 무공을 익혔다는

걸 알 수 있었다.

이 산중에서 뒤를 쫓는 일단의 무리가 우연히 근처를 지나는 무림인일 가능성은, 벼락을 맞을 확률보다 낮을 것이다.

그들을 쫓는 마교의 무리가 분명했다.

혼자 몸이라면 어떻게든 빠져나갈 수 있겠지만 황선우와 왕서연을 데리고 추격을 뿌리치는 건 어려웠다.

그렇다고 근처에 몸을 숨기고 있을 수도 없었다. 무공을 익히지 않은 두 사람의 숨소리는 무림인에게 발각되기 십상이었다.

어찌 되었든 가던 길을 계속 가다가 두 사람이 숨어도 될 만한 장소를 찾는 수밖에 없었다.

조철민이 왕서연에게 속삭였다.

"쫓는 자들이 있어요. 조심해서 움직여요."

왕서연의 낯빛이 창백해졌다. 막연하게 목숨을 노리는 자들이 있다는 걸 안 것과 위협이 실제로 코앞에 닥쳤을 때의 두려움은 달랐다.

"걱정 말아요. 어떻게든 내가 지켜줄 테니까."

아랫입술을 깨문 왕서연은 고개를 끄덕였다. 그녀의 얼굴에 떠오른 결연한 표정은 황선우를 반드시 지키겠다는 의지였다.

그들은 되도록 단단한 바위만을 디디며 걸음을 옮겼다.

자칫 자갈이나 나뭇잎을 크게 스칠 경우 추격자들의 이목
에 걸릴 수 있었다.

숨조차 크게 쉬지 못하는 상황이 되자 왕서연은 더욱 힘들
어했다.

조철민의 품에 안겨가기는 하지만 황선우도 힘들기는 마
찬가지였다.

하지만 쉴 시간 같은 건 없었다. 저들의 이목을 따돌리고
길만 잘 선택하면 빠른 시간 안에 안전해질 수도 있었다.

이 큰 산에서 세 사람을 찾는 건, 흔적을 잘 지울 경우 모래
사장에서 바늘 찾는 것만큼이나 어려운 일이다.

바위로만 된 곳을 통과해야 하기에 길은 더욱 힘들어졌다.

한 길이 훨씬 넘는 곳을 통과할 때는 왕서연의 얼굴이 붉다
못해 백짓장처럼 하얗게 변했다.

큰 숨을 참느라 꺽꺽거리는 소리까지 새어 나왔다.

쫓아오는 기척은 멀어졌다가 다시 가까워지기를 반복하고
있었다.

아무래도 추적에 능한 자가 있는 모양이다.

삐익—!

누군가 휘파람을 불었다. 그러자 많은 인원이 한 곳으로 모
이는 소리가 들렸다.

아마 그들의 기척을 발견했다는 신호일 것이다. 그래서 마

음이 더욱 급해졌다.

여덟 자 높이의 바위를 뛰어올라 아래 있는 왕서연을 향해 손을 내밀었다.

팔을 쭉 뻗어 왕서연을 잡고 끌어올리는데 버둥거리는 그녀의 발끝에 바윗돌이 걸렸다.

오랜 세월 풍파를 견뎌낸 바위건만 하필 왕서연의 발이 걸린 곳에 금이 가 있었던 모양이다.

툭! 따닥! 딱! 딱!

주먹만 한 돌멩이가 본래 자리를 이탈해서 아래로 굴러떨어졌다.

"빌어먹을!"

욕설을 뱉은 조철민은 왕서연을 재빨리 끌어올렸다.

아래쪽에서 급박한 휘파람 소리가 들렸다. 이 정도 소리면 그들이 있는 곳을 확실히 알려준 것이나 다름없었다.

이젠 신중함보다는 속도를 택할 때였다.

"업혀요."

"하지만 소저도 힘든데……."

"빨리!"

왕서연은 더 이상 사양하지 못하고 조철민의 등에 업혔다.

가슴에 황선우를 안고 등에는 왕서연을 업었지만 지금까지 산을 오르던 속도와는 비교할 수 없게 빨랐다.

그러나 아무리 그녀의 내공이 높아도 두 사람이라는 짐은 체력을 빨리 고갈시키게 된다.

진작 이 방법을 택하지 않은 것도 혹시 있을지 모를 싸움을 생각해서였다.

이런 식으로 쫓기다가 싸움이 일어날 경우 조철민은 더욱 불리해질 수밖에 없었다.

이제 쫓아오는 기척은 곧장 그들을 향하고 있었다.

그녀의 경공이 탁월해서 거리는 일정하게 유지되었으나 시간이 지날수록 힘들어지는 건 조철민이다.

조철민은 길도 없는 숲을 헤치며 달렸다. 품에 안긴 황선우나 업힌 왕서연의 입에서 간간이 신음이 터졌다.

나뭇가지에 스쳐 상처를 입을 것이지만 속도를 늦추지도 걸음을 조심하지도 않았다.

상처를 얻으며 도망치는 것이 상처 없이 잡히는 것보다 나았다.

삐이익—!

"북쪽이다! 포위망을 형성해라!"

누군가의 외침은 조철민의 마음을 더욱 조급하게 했다.

이대로 도망치는 건 체력만 소비한 채 소득 없이 끝날 가능성이 높았다.

기척을 듣고 쫓는 것일 테니 두 사람을 눈에 보이지 않는 곳에 숨기는 게 안전할 것 같았다.

최악의 경우라도 황선우가 잡혀가는 건 막아야 한다.

높은 바위 두 개를 뛰어넘은 조철민의 시선이 왼쪽에 고정되었다.

바위와 바위 사이에 사람이 겨우 들어갈 수 있는 구멍이 보였다.

저 구멍이 조금만 깊으면 두 사람이 숨기에 충분할 것 같았다.

조철민은 구멍 앞에 내려서서 한쪽 팔을 안으로 넣었다.

손을 휘저어도 닿는 곳은 바깥쪽에 드러난 바위뿐이었다.

"이 안으로 들어가서 숨어 있어요. 되도록 깊은 곳으로 가고, 내가 오기 전에는 절대 나오면 안 돼요. 그리고 만약 시간이 지나도 내가 돌아오지 않으면, 파천마를 찾아요. 유명한 사람이니 모두 알고 있을 거예요."

자신들이 있으면 조철민에게 짐이 된다는 걸 알기에 왕서연은 순순히 고개를 끄덕였다.

"조심하세요."

"곧 돌아올게요."

조철민은 지킬 확신이 없는 약속을 하고 두 사람을 구멍 속으로 밀어 넣었다.

두 사람이 점점 안쪽으로 들어가는 소리가 들렸다.

밖에서 보는 것보다 다행히 안의 공간이 제법 넓은 것 같았
다.

조철민은 곧 몸을 돌려 정상을 향해 경공을 펼쳤다. 짐을
내려놓으니 그녀의 몸은 경쾌하고 빨랐다.

하지만 전속력을 내지는 않았다. 그녀가 갑자기 빨라지면
의심할 수도 있기 때문에 추적자들이 너무 가까워지지 않는
선에서 속도를 조절했다.

그렇게 일각쯤 달린 후에 속도를 조절하는 건 무의미하다
는 걸 깨달았다.

비단 뒤를 쫓는 자만 있는 것이 아니었다. 좌우에서도 요란
하게 나뭇잎 스치는 소리가 났다.

그녀의 기척을 발견하고 둥글게 포위를 하기 위한 움직임
이었다.

조철민이 눈에 띄게 되면 황선우와 왕서연이 중간에 숨었
다는 걸 들키게 된다.

어차피 그리되겠지만 저들이 아는 시간이 늦으면 늦을수
록 좋다.

조철민은 전력을 다해 달렸다. 좌우에서 비스듬히 오는 자
들과의 거리를 가늠하면 아슬아슬할 것 같았다.

속도만을 생각해서 달렸기에 나뭇가지에 긁힌 상처가 몸
여기저기 생겼다.

사선으로 다가오는 기척이 빠르게 가까워졌다. 비단 잡히지 않는 게 목적이 아니다.

그녀는 적의 눈에 띠어서는 절대 안 된다. 황선우와 왕서연이 그녀와 함께 있다고 여기게 만들어야 한다.

이렇게 빨리 움직이니 의심은 하겠지만 눈으로 확인할 때까지는 그녀를 추격할 것이다.

아직은 두 사람에게 시간을 더 벌어줘야 하기 때문에 조철민은 필사적이었다.

후두둑! 후두둑!

잡초와 나뭇가지에 부딪치는 소리가 소나기의 그것과 비슷했다.

사선으로 쫓아오는 자들과의 거리는 십 장 남짓이다. 숲이 워낙 우거졌기 때문에 서로의 모습을 육안으로 확인할 수는 없었다.

그녀는 공력을 최대로 끌어올려서 몸을 앞으로 쭉 뽑았다.

어른 팔뚝만 한 나무들이 그녀의 몸에 부딪쳐 힘없이 부러져 나갔다.

사선에서 쫓아오던 자들이 옆을 스치고 비로소 뒤로 처졌다.

고개를 좌우로 돌렸지만 울창한 나무들만 보였다. 그녀가 볼 수 없으니 적 또한 마찬가지일 것이다.

다행히 그녀는 아직 적의 눈에 띠지 않았다.

바위굴은 일 장 남짓으로 제법 깊었다. 허리를 숙이고 움직일 수 있을 정도의 공간도 되었으니 숨어 있기에는 적당했다.

가장 깊숙한 곳까지 들어간 왕서연은 황선우를 품에 안은 채 꼼짝도 하지 않았다.

힘들어서 숨을 헐떡이고 싶었으나 그저 콧김만 세게 뿜을 뿐이었다.

"속도를 더 내라!"

"어서 따라붙어! 휘파람 소리를 놓치지 마라!"

고함 소리와 함께 가까운 곳을 지나치는 여러 명의 발소리가 들렸다.

어림잡아 오십 명은 넘어 보였다.

황선우를 꼭 안은 그녀는 고개를 파묻어 버렸다. 이 순간만큼은 숨을 쉬어야 한다는 게 원망스러웠다.

그가 아는 무림인에 대한 얕은 지식으로는, 무림인은 숨소리조차 천둥처럼 크게 듣는다고 했다.

그들은 손바닥에서 바람이 나가고 검으로 무쇠를 단숨에 베는, 그야말로 신적인 능력의 소유자들이라 들었다.

그러니 바위가 몸을 가려주고 잠자면서 뱉은 숨소리보다 옅은 호흡이라도, 지나는 자들이 들을지도 모른다.

그래서 고함과 발소리가 지나칠 때는 심장이 멎어버릴 것 같았다.

'제발 그냥 지나가게 해주세요. 제발!'

세상의 온갖 신을 향해 빌고 또 빌었다.

그녀의 기도 덕분은 아니겠지만 멈추는 기척은 들리지 않았다.

멀어지는 목소리와 휘파람 소리. 이윽고 정적이 찾아왔다.

아무 소리도 들리지 않는 것을 몇 번이고 확인한 후에야 그녀는 큰 한숨을 토해냈다.

다행히 모두 지나간 모양이다.

일단은 안전해지자 조철민에 대한 걱정이 생겼다.

무공이 강한 것 같지만 상대가 너무 많았다. 그들 모자 때문에 목숨을 거는 그녀에게 미안했다.

그래서 자신들의 안전을 빌 때만큼 간절하게 또 기도를 올렸다.

'그분이 무사하게 해주세요.'

이제 제법 거리가 벌어졌다. 그래서 조철민은 경공의 속도를 늦췄다.

되도록 오래, 그리고 멀리 저들이 그녀를 쫓게 만들어야 한다.

그러다 문득 생각했다.

'도망가지 않아도 되지 않을까?'

황세은을 제외하고는 자신이 약하다는 생각을 해본 적이 없었다.

사실 그는 파천마이니 그에 비해 자신이 약한 것은 당연한 일이다.

언제나 자신에 찬 그녀였고 도주는 조철민이라는 사람에게는 절대 맞지 않는 옷이었다.

쫓아오는 자들의 경공 수준을 볼 때 숫자가 많다고 해도 능히 감당할 수 있을 것 같았다.

무공이 그녀 정도의 수준에 올라서면, 웬만한 숫자는 의미가 없어진다.

두 모자의 완전한 안전을 담보하기 위해서 멀리 가는 것도 좋지만, 쫓아오는 자들을 모두 없애 버리면 그게 더 좋은 결과였다.

싸우고 싶은 마음이 들자 몸이 절로 반응해서 경공이 느려졌다.

이런 울창한 숲에서의 싸움이라면 다수를 상대하기에도 좋은 장소였다.

조철민의 마음이 전투 쪽으로 많이 기울어 쫓아오는 자들의 속도보다 느려졌을 때였다.

파라라락!

갑자기 앞에서 요란한 소리가 울리더니 날카로운 기운이 쏟아져 왔다.

"헙!"

헛바람을 삼킨 조철민은 뒤통수가 땅에 닿을 정도로 허리를 뒤로 꺾었다.

그녀의 코끝을 스친 기운이 일 장 뒤쪽의 아름드리나무에 부딪쳤다.

쾅!

나무는 땅에 떨어진 얼음처럼 산산조각으로 부서졌다.

따라라랑—!

구슬이 부딪치는 것 같은 맑은 소리가 연이어 울리며 뭔가가 그녀를 향해 떨어졌다.

조철민은 팽그르르 돌며 왼쪽으로 이동했다.

파앙!

그녀가 서 있던 자리가 종으로 길게 폭발하며 나뭇가지와 흙더미가 하늘 높이 치솟았다.

재빨리 검을 뺀 조철민은 공격을 한 자를 보았다.

환갑쯤 되어 보이는 늙은이였다.

키는 육 척이 훌쩍 넘을 정도로 컸고 덩치도 곰을 연상시킬 만큼 거대했다.

짜랑! 짜랑!

손에 든 무기에서 연신 맑은 쇳소리가 울렸다. 그것은 사슬이었다.

서로 몸을 부대끼며 나는 은빛 사슬 소리가 꽹장히 귀에 거슬렸다. 저 소리가 공격 그 자체인 것 같았다.

"천하에 무명이 자자한 낙일검문의 장중보옥께서 왜 이런 산중을 헤매고 계실까? 아참! 무명이 자자한 낙일검문은 얼마 전 사라졌지! 그 소식은 들으셨나?"

늙은이가 나이와 덩치에 맞지 않게 간죽댔다.

"넌 누구냐?"

"쯧쯧쯧……. 나이 든 사람을 공경할 줄 알아야지. 난 십이대주신 중 용신인 태진중이라고 한다. 널 잡아가는 사람이 누군지는 알아야지."

죽이는 게 아니라 잡는다고 한다. 아마 황세은에 대해 알아보려는 모양인데 어림없다.

사로잡는 게 죽이는 것보다 몇 배 어려운 법, 조철민은 그렇게 호락호락한 사람이 아니다.

조철민을 쫓던 기척이 바로 뒤까지 다다랐다. 포위가 돼서 좋을 게 없었다.

조철민은 태진중을 향해 몸을 날렸다.

이제 서쪽으로 많이 기운 태양은 그녀의 검을 금빛으로 물들었다.

"성질이 급한 처자네."

태진중은 팔을 쭉 뻗었다. 사슬이 조철민을 향해 직선으로 쏘아졌다.

이렇게 나무가 울창한 곳에서 사슬 같은 무기는 쓰기가 까다로웠다.

그리고 긴 무기의 특성상 가까이 가기만 하면 필승이라고 할 수 있었다.

그녀는 쏘아지는 사슬을 피해 허리를 숙였다. 머리를 지나쳤다 싶은 사슬이 뚝 떨어졌다.

이미 한 번 당해 예상하고 있었기에 몸을 팽이처럼 돌려 옆으로 피했다.

애꿎은 바위가 박살 나며 파편을 사방으로 토해냈다.

날카로운 돌조각이 조철민을 때렸지만 공력을 가득 올려 몸을 보호한 상태라 돌조각 따위가 상처를 입히지는 못했다.

띠리리링!

사슬이 눈앞에서 춤을 췄다. 뱀이 얼굴 높이에서 기어오는 것 같았다.

길고 유연한 무기를 받아치는 건 좋지 않다. 두 개의 무기가 닿는 순간 어디로 튈지 알 수 없기 때문이다.

그리고 자칫 검이 감겨 잡히는 때에는 꼼짝없이 내공 대결을 벌이는 일도 일어난다.

조철민은 나아가는 기세를 죽이지 않고 허리를 낮게 숙였다. 무릎이 코를 때리는 염려를 해야 할 정도로 낮은 자세였다.

그런데 갑자기 코앞에서 사슬이 불쑥 솟아 올라왔다.

분명 머리 위로 흘렀는데 이해할 수 없는 움직임이었다.

화들짝 놀란 조철민은 급히 검으로 사슬을 쳐 냈다. 선택의 여지가 없는 방어였다.

부딪친 사슬이 튕겨 나가는가 싶더니 검을 감아왔다.

황급히 검을 빼는 그녀의 뒤에서 날카로운 기운이 느껴졌다.

눈으로 확인할 시간도 없이 횡으로 검을 그었다.

차앙!

사슬과 검이 부딪치며 맑은 소리를 토해냈다. 방금 걷어낸 사슬이 아직 허공에 떠 있는데 배후를 또 공격당했다.

태진중을 힐끗 본 조철민은 그제야 그가 두 개의 사슬을 쓴다는 걸 알았다.

태진중과의 거리는 불과 이 장 남짓이다. 순식간에 가까워질 수 있는 거리인데 춤추는 사슬 때문에 자꾸 발목이 잡혔다.

이제 곧 그녀를 쫓던 자들도 당도할 것이다. 마음이 급해졌다.

그녀는 정면이 아닌 좌측으로 이동했다. 그쪽에 숲이 훨씬 우거졌기 때문이다.

태진중이 크게 팔을 떨치자 사슬이 조철민을 쫓았다. 은빛의 긴 뱀을 보는 것 같았다.

파방! 팡!

사슬에 걸린 나무들이 산산조각으로 터져 나갔다. 그렇게 힘없이 사라지는 나무들이지만 사슬의 속도를 조금은 늦춰주었다.

속도가 늦어졌다는 건 그만큼 빈틈이 생겼다는 의미다.

조철민은 태진중과의 사이에 많은 나무가 시야를 가린 곳에서 곧장 앞으로 치달았다.

아름드리나무를 쪼갠 쇠사슬이 오른쪽에서 짓쳐 들었지만 태진중과의 거리는 불과 이 장도 남지 않았다.

쇠사슬이 닿기 전에 충분히 태진중을 벨 수 있었다.

정면의 나무를 피해 태진중에게 향하는 그녀의 얼굴로 사슬이 쏘아져 왔다.

그녀는 고개만 살짝 틀어서 귓가로 사슬을 흘려보냈다.

귀에 시큰한 아픔이 느껴지는 것으로 보아 완전히 피하지는 못한 모양이다.

하지만 그 대가로 태진중을 죽일 수 있다면 많이 남는 장사였다.

세 자 길이의 파란 검강을 품은 그녀의 검이 허공을 갈랐
다.

태진중의 얼굴에는 놀라는 빛이 역력했다. 그녀가 반격하
는 방식과 무공의 수준이 예상을 뛰어넘었기 때문이다.

태진중은 황급히 물러서면서 몸 앞에 사슬을 대고 돌렸다.

카강!

검과 사슬이 격돌하며 파란 불꽃을 튀겼다. 사슬은 왼쪽으
로 급격히 물러났고 검 아래 가슴이 고스란히 드러났다.

조철민은 태진중의 왼쪽 가슴을 향해 검을 찔러 넣었다.

검강이 가슴을 파고들었다. 꽤나 난적이었지만 결국 그녀
가 이겼다.

분명 그렇게 믿었다. 하지만 곧 뭔가 잘못되었다는 걸 깨달
았다.

시각은 분명 검이 가슴을 찔렀다는 걸 알려줬는데 손에 느
껴지는 감촉이 없었다.

혼자 빈 허공에 대고 검을 찌른 것과 다를 바가 없는 느낌
이었다.

검에 찔린 태진중이 갑자기 뒤로 쑥 밀려났다. 단숨에 삼
장을 후퇴한 태진중의 가슴 부분 옷자락에는 구멍이 뚫려 있
었다.

그러나 당연히 있어야 할 혈흔은 보이지 않았다.

뚫린 옷자락을 슬쩍 더듬은 태진중이 말했다.

"낙일검문의 암고양이가 사납다고 하더니 괜한 소리가 아니었군."

조철민은 허탈해서 아무 말도 나오지 않았다. 힘겹게 잡은 승기가 날아가 버렸다.

처음부터 다시 시작해야 하는데 마교도들은 이미 도착해 있었다.

뒤뿐만 아니라 좌우 전면 할 것 없이 적이 속속 도착했다.

어림잡아 백 명은 되어 보였고 아마 그보다 세 배는 많을 것이다.

그녀와 호각을 이루는 고수가 있으니 오합지졸이라도 우습게 볼 수가 없었다.

"보아하니 두 모자는 다른 곳에 숨겨둔 모양이군."

"무슨 말을 하는지 모르겠군."

"괜한 말로 시간을 벌어보겠다고? 소용없다. 네가 숨겨 놓은 모자는 절대 도망칠 수 없을 테니까."

숫자만 믿는 자신감인지 근거를 가지고 있는 것인지 알 수 없었다.

"네가 도망쳐 온 길은 모두 알고 있다. 숨었으면 그 길 근방 어디일 테고, 두 사람이 숨을 장소가 그리 많지는 않을 것

이다. 지금도 본 교의 수백 명 교도가 수색을 하는 중이다. 한
시진이 지나기 전에 발견될 것이다."

당장 눈에 보이는 마교도만도 백 명이 되었다. 그런데 그
외에 수백 명을 동원했다고?

이곳 사천성에 그 정도로 많은 마교도가 있단 말인가?

조철민은 곧 그럴 수도 있다는 생각이 들었다.

무공을 익힌 마교도야 제한적이지만 평민 중에서도 마교
도는 제법 되었다.

농사꾼이나 장사치 같은 자들까지 동원한다면 능히 그 인
원을 맞출 수 있었다.

조철민은 마음이 조급해졌다.

태진중 말대로 도주로 근처에 마땅히 숨을 곳은 많지 않았
다.

발각되는 건 시간문제라고 봤을 때, 이 위기를 어떻게 타개
해야 할지 난감했다.

아무리 고민해도 방법은 한 가지밖에 없었다. 지금 위협이
되고 있는 것을 모두 제거하는 것이다.

백여 명의 마교도에게 포위된 상태인데 태진중이라는 까
다로운 적까지 있다.

조철민은 검을 잡은 손에 힘을 줬다. 적을 앞에 두고 이길
수 없다는 생각이 들면 그때가 곧 패배하는 순간이다.

살이 찢어지고 뼈가 부러져도 이길 수 있다는 투지만 있다
면 승리는 언제든 찾아온다.

지금 조철민에게는 그 투지가 필요하다.

"이쯤에서 서로 피곤한 짓은 그만하고……."

태진중의 말을 듣는 것은 무의미했다. 조철민은 왼쪽으로
몸을 날렸다.

일단 태진중보다는 조력자들을 먼저 처치하는 것이 순서
다.

그래서 조철민은 포위하고 있는 자들을 공격했다.

갑작스럽게 조철민의 공격을 받은 자들은 무기를 들고 있
었으나 방어할 생각도 하지 못했다.

서걱!

맨 먼저 목젖이 잘린 사내는 비명조차 지르지 못한 채 피화
살을 뿜으며 뒤로 넘어졌다.

깜짝 놀라서 뒤로 물러서는 세 명이 또 순식간에 저승의 문
턱을 넘었다.

긴 비명이 뒤늦게 싸움의 시작을 알렸다.

왕서연은 망설이고 있었다. 꽤 시간이 흐른 것 같은데 조철
민은 나타날 기미를 보이지 않았다.

하긴 그 많은 숫자의 사람에게 쫓겼으니 쉽게 돌아오지는

못할 것이다.

어쩌면 영원히 못 만날지도 모른다.

고함을 치고 휘파람을 불며 지나쳤던 사람들의 기척은 더 이상 들리지 않았다.

도망치려면 지금이 적기 같았다.

하지만 조철민이 돌아올 경우도 생각해야 한다.

그녀는 이러지도 저러지도 못하고 발만 동동 구르고 있었다.

"엄마. 언제까지 여기 있어야 해요?"

"글쎄. 나도 잘 모르겠구나."

말끝으로 절로 한숨이 나왔다. 여느 날과 다름없는 아침을 맞았었는데 지금은 깊은 산중에서 숨어 있는 처지가 되었다.

하긴, 이런 고생 끝에라도 황세은을 만날 수 있다면 기쁘게 감수할 것이다.

하지만 돌아가는 상황을 보니 행운보다는 불행이 훨씬 가까이 있었다.

"엄마. 오줌 마려워요."

"그래."

밖으로 나갈 수가 없기 때문에 황선우를 구석진 곳으로 데리고 갔다.

바지를 내려주자마자 오줌줄기가 벽을 때렸다. 쪼르륵 떨어지는 소리가 유난히 크게 들렸다.

'이 정도 소리가 밖으로 새어 나가지는 않겠지.'

그런데 갑자기 빛이 들어오는 입구가 시커멓게 변했다.

"고놈 오줌발이 아주 좋구나."

第六十三章　집결(集結)

破天魔

파천마

“후우—! 후우—!”

조철민은 연신 긴 숨을 뿜어냈다.

쉰 명을 베었고 시체는 쉰여섯 구였다.

길길이 날뛰는 태진중의 사슬에 맞아 죽은 불쌍한 놈들도 있었다.

혼전을 유도한 조철민의 계획이 맞아떨어진 것이다.

아무리 무기를 능수능란하게 다룬다고 해도 긴 사슬이라는 무기가 검이나 칼처럼 정교할 수는 없었다.

피아가 한데 엉켜 있을 때 사용하면 아군이 다치기 십상이었다.

마교도들은 또 그들대로 조철민을 상대해야 하고 자칫 상관의 무기에 맞아 죽을 수도 있으니 한곳에 집중하기 힘들었다.

그사이 조철민은 동에 번쩍 서에 번쩍 하면서 마교도들을 하나씩 처치해 나갔다.

지금 가장 큰 문제는 체력이었다. 산중에서 싸우는 것은 평지보다 훨씬 많은 체력을 요구한다.

그렇다고 체력을 안배하면서 싸울 정도로 한가한 상황도 되지 못했다.

많은 적을 죽이기는 했지만 그녀도 등과 허벅지, 옆구리에 상처를 안고 있었다.

모두 태진중의 사슬에 당한 상처였다. 그중 옆구리의 상처는 살점이 떨어져 나가 피가 계속 흘러나왔다.

혈도를 짚어 대충 지혈은 했지만 미봉책이 완전할 수는 없었다.

"그년한테서 멀리 떨어지란 말이다! 멍청한 놈들아!"

태진중은 계속해서 소리를 질러댔다. 일대일로 싸우려고 했지만 조철민이 쉼없이 마교도들을 따라가니 뜻대로 되지 않았다.

그녀가 딱 예순 명째의 적을 베었을 때 비로소 마교도가 모두 자취를 감췄다.

이제 완벽하게 태진중과 그녀만 남았다.

싸움의 여파로 주변의 나무는 거의 부러져서 커다란 공터가 생겨 버렸다.

태진중에서 유리한 지형이었다. 소비한 체력에 부상까지 당했으니 조철민에게 좋을 게 없었다.

하지만 그녀에게는 기세가 있었다. 비슷한 실력일 때 기세는 다른 어떤 것보다 중요한 덕목이다.

조철민은 검을 가슴 앞에 횡으로 세우고 몸을 약간 앞으로 숙였다.

짜라랑—!

태진중의 사슬이 좌우로 살짝 흔들리더니 회전을 시작했다.

처음에는 짧게 가슴 앞에서, 그리고 사슬은 머리 위로 옮겨져 회전하는 폭이 일 장을 넘어섰다.

조철민이 막 앞으로 나아가려 할 때 뒤쪽에서 다가오는 기척이 느껴졌다.

아직은 멀리 떨어져 있었다. 기척으로 보아 다가오는 자들의 무공도 변변치 않은 것 같았다.

정확히 세 개였는데 그중 한 명은 거의 끌려오는 것 같았다.

순간 뇌리에 왕서연 모자가 떠올랐다. 힐끗 뒤를 돌아봤
다.

불안한 예감대로 사내 한 명은 왕서연의 팔을 잡은 상태였
고 나머지 한 명이 황선우를 안고 있었다.

조철민을 본 황선우가 사내의 품에서 벗어나려 발버둥 쳤
지만 소용없는 몸부림일 뿐이었다.

"흐흐흐, 승자는 정해진 것 같구나."

태진중의 입에서 웃음이 나올 상황이다. 저들 모자가 잡혀
가는 걸 막기는 힘들었다.

그녀가 구하려고 하면 태진중이 가로막을 테니 자연 시간
은 끌릴 수밖에 없었다.

태진중의 웃음은 그걸 알기에 흘러나온 것이고, 조철민은
절망보다 행동을 택했다.

조철민의 신형이 빠르게 모자를 향해 쏘아져 갔다.

"멈춰라!"

태진중이 외침과 함께 돌리고 있던 사슬을 던졌다.

조철민과 모자의 사이는 빠르게 가까워졌다. 하지만 사슬
의 속도는 조철민보다 훨씬 빨랐다.

왕서연 모자를 잡아온 자들은 놀라서 눈만 커졌을 뿐 반응
할 엄두도 내지 못했다.

조철민은 두 사내를 향해 검을 휘둘렀다. 순간 허공을 격한

쇠사슬도 조철민의 등을 노리고 날아왔다.

막으려면 지금 돌아서서 검을 휘둘러야 한다. 하지만 그 한 동작으로 왕서연 모자를 구하는 건 포기해야 한다.

사슬을 막는 순간 태진중과 싸워야 하고 두 사내는 왕서연 모자를 데리고 사라져 버릴 것이다.

호신강기를 최대한 끌어올린 조철민은 두 사내를 향해 검을 휘둘렀다.

무공도 변변찮은 두 사내가 조철민의 공격을 피할 리가 만무했다.

비명과 함께 두 사람의 가슴이 거의 동시에 쩍 갈라졌다.

하지만 가슴에서 피가 뿜어지기도 전에 조철민의 등에 사슬이 떨어졌다.

"욱!"

마치 거대한 바위로 맞은 것 같았다. 허공을 훌훌 날은 그녀는 바닥에 거칠게 내동댕이쳐졌다.

등뼈가 박살 나서 뱃속을 마구 휘젓고 있는 고통이 찾아왔다.

조철민은 아픔을 참고 벌떡 일어섰다. 무릎이 휘청 꺾이는데 사슬 특유의 금속음이 쏘아져 왔다.

이제 막 서산을 넘어가기 시작한 햇빛으로 인해 사슬은 짙은 금빛으로 물들어 있었다.

몸을 날려 피해야 하는데 한 번의 타격이 준 충격은 발을 너무 무겁게 만들었다.

그녀는 어쩔 수 없이 검을 휘둘렀다.

쩡!

육중한 소리를 내며 두 개의 무기가 부딪쳤다. 조철민의 검을 맞고 튕겨 나간 사슬은 곧바로 다시 돌아와 머리를 노렸다.

황급히 허리를 굽히고 곧바로 앞으로 굴렀다. 그녀가 서 있던 자리에서 흙이 폭발하는 것처럼 치솟았다.

막 일어서려는데 허리로 날아오는 공격이 느껴졌다.

몸을 돌리려던 조철민은 등과 허리에서 찾아온 극심한 고통에 멈칫했다.

그 멈칫한 순간은 그야말로 찰나에 불과했지만 그들 같은 고수에게는 생사를 결정지을 수 있는 시간이었다.

퍽!

허리에 다시 한 번 사슬을 맞은 조철민은 일 장이나 튕겨져 나가 나무에 부딪쳐 나뒹굴었다.

차라라랑!

사슬이 날아오는 소리에 본능적으로 고개를 들었다. 금빛 금속이 시야에 한가득 들어왔다.

피하기에는 너무 늦었다는 걸 알면서도 손이 움직였다.

하지만 사슬은 검이 땅에서 한 자도 떨어지기 전에 그녀의 목을 휘감았다.

"큭!"

사슬을 잡자 얼음보다 차가운 감촉이 느껴졌다. 목을 감은 사슬의 그 한기가 전신을 얼어붙게 만드는 것 같았다.

급격히 숨이 막혀왔다.

으드득!

목뼈가 부러지는 줄 알았는데 자신이 이빨을 가는 소리였다.

"불가능한 일을 하려다가 네 자신까지 망쳤구나. 흐흐흐……."

태진중의 웃음소리를 들으며 의식이 점점 몸을 빠져나갔다.

*　　　*　　　*

"파천마가 호북성까지 내려왔단 말이지?"

"그렇습니다. 호북성 중간쯤에 있으니 호남성을 통과해 이곳까지 오는 데 대략 한 달쯤 걸릴 것 같습니다."

"생각보다 늦구나."

도패군은 천하태평이었다.

"파천마가 본 교의 지부들을 쑥대밭으로 만들고 있습니다. 놈을 막으려다가 죽은 수하들도 그렇고 역천금강수도 여덟 마리나 상해서 이제 고작 여섯밖에 남지 않았습니다."

"역천금강수야 또 만들면 되지."

공야목은 반박을 하려다가 그저 긴 한숨만 뱉었다.

역천금강수가 그렇게 쉽게 만들 수 있을 것 같으면 한 만 마리쯤 만들었을 것이다.

거기에 애써 모아놓은 교도들은 영광의 순간을 얼마 누리 지도 못하고 아침햇살 아래 이슬처럼 사라지고 있었다.

그런데도 도패군은 마치 남의 일처럼 구경만 하는 중이었 다.

"정파의 움직임도 심상치 않습니다. 절강성과 강소성의 지 부 열두 군데가 공격을 받아 무너졌는데, 십중팔구 정파의 짓 입니다. 파천마의 등장을 계기로 정파도 힘을 모아 싸움을 시 작한 것이지요. 이렇게 가다가는 힘들게 이루어놓은 본 교의 천하가 순식간에 무너질 수도 있습니다."

"이 정도로 무너질 것 같으면 차라리 지금 무너지는 게 낫 지."

공야목은 도패군이 무슨 생각을 하는지 알 수 없었다.

삼백 년이나 기다려 온 숙원이다. 이제 한 발만 디디면 천 년만년 그 영화를 누릴 수 있을 텐데, 그 한 발을 떼지 않고

이 산속에서 뭉그적거리고 있었다.

"거 칠인회 있잖아. 그놈들한테 막으라고 해봐."

칠인회라고 해봐야 이제 고작 둘밖에 남지 않았다.

오래 전에 죽어버린 방극산의 수로십팔채는 이미 나가떨어졌고 현기조가 배신한 금계맹은 무력을 기대할 수 없었다.

얼마 전 당배웅이 죽은 사천당문은 아직 어수선했다.

당배웅이 살아 있을 때야 문주의 명령이 절대적이었지만 지금은 마교의 휘하에 있을 수 없다는 목소리가 높았다.

그러니 현재의 사천당문은 전력에서 제외해야 한다.

월회주의 정체는 공야목조차 아직 모르고 있었다. 도패군이 아는지도 의심스러웠다. 끝까지 정체를 밝히지 않았으며 마교가 천하를 평정한 후에는 아예 모습을 감춰 버렸다.

그 알 수 없는 인물까지 사라져 버렸으니 이제 남은 것은 남궁세가와 파천추맹뿐이다.

그런데 파천추맹도 어정쩡하게 되었다.

파천마가 실종 상태였을 때는 아무 문제가 없었지만 다시 나타나 버렸다.

파천마가 마교 타도를 기치로 내걸으니, 파천추맹의 상황도 복잡하게 얽혀 버렸다.

당장이야 마교의 힘이 워낙 강성해서 조용하지만 언제 파천마 쪽으로 붙을지 알 수 없는 세력이다.

그리고 남궁세가는 믿을 수가 없다. 가주의 욕심으로 인해 천하제패의 욕망을 드러냈으나 그들의 본질은 정파다.

마교와는 물과 불 같은 관계. 언제 틀어져도 이상할 게 없다.

마교의 힘이 절대적이면 하등 고민하지 않아도 될 것들이 지금은 두통거리로 부상했다.

"일단 그리 전하기는 하겠습니다."

"말 안 들으면 씨를 말려 버린다고 해."

그 정도 협박에 여섯 마리의 역천금강수까지 조력자로 준다고 하면 움직일 것이다.

물론 그들로 파천마와 패왕성을 막을 수 있을 거라고는 생각하지 않았다.

하지만 파천마를 죽이지 못하더라도 패왕성의 세력 상당 부분은 갉아먹을 수 있었다.

마교의 지부들을 무너뜨리며 내려오는 동안 패왕성 삼십육마인 중 삼분의 일 정도가 죽었다.

마교뿐 아니라 패왕성 또한 피해를 보고 있는 것이다.

거기에 남궁세가와 파천추맹이 한 번 더 타격을 가한다면 여기까지 오기 전에 힘을 다 소진시킬 수 있었다.

어쩌면 도패군이 바라는 것도 그것인지 모른다. 당장 싱싱한 파천마와 싸우는 것보다 지친 파천마를 상대하는 게 승리할 확률이 훨씬 높을 테니 말이다.

'교주님만 살아 계시면 마교는 언제든 일어설 수 있으니.'

공야목은 긴 하품을 하는 도패군을 보며 작게 고개를 끄덕였다.

＊　　　＊　　　＊

"자신이 돌아오지 않으면 파천마를 찾아가라 했다고? 조철민이 그렇게 말했단 말이냐?"

왕서연은 두려운 표정으로 고개를 끄덕였다.

"네."

태진중은 알 수 없다는 얼굴로 중얼거렸다.

"황세은과 파천마라……. 이건 뭐지?"

파천마라는 이름이 나온 이상 이건 황세은에게 국한된 문제가 아니었다.

그는 지하감옥의 옆방으로 갔다. 그곳에는 조철민이 쇠사슬에 묶여 허공에 매달려 있었다.

황세은의 행방을 알아내기 위해 태진중이 아는 온갖 방법을 동원해 입을 열려고 했지만, 돌아오는 건 욕설밖에 없었다.

축 늘어져 있던 조철민이 힘겹게 눈을 떴다. 양쪽 눈이 모두 퉁퉁 부어서 채 반도 떠지지 않았다.

"퉤!"

그를 향해 침을 뱉으려고 한 것 같은데, 힘이 없어서 피가 섞인 침은 그저 조철민의 턱을 타고 흘러내렸다.

"네 입을 열기에는 내 기술이 아직 부족한 모양이구나. 하지만 실망하지 마라. 곧 도착할 그자는 네가 기억하지 못하는 것까지 술술 불게 하는 데 반 시진도 걸리지 않을 테니까."

*　　　*　　　*

한 시진의 운공조식을 끝낸 천무백은 눈을 떴다. 눈동자가 붉은색으로 물들었다가 한 번 깜빡이자 원래의 색깔로 돌아왔다.

그의 무릎에는 시산혈륜이 놓여 있었다.

시산혈륜은 단지 사람을 광인으로 만드는 무기가 아니었다.

무기에 담긴 마기 때문에 마공성질의 내공을 익힐 때 그 효과가 탁월했다.

특히 천무백처럼 도가 계열의 내공을 익혔는데 그것을 마공으로 변환하려 할 때 큰 도움이 되었다.

무기 자체에 워낙 광기가 강해서 절로 살심이 일기도 했지만 그 정도는 제어할 수 있었다.

마교와 싸우면서 오는 동안 천무백의 무공은 훨씬 강해져 있었다.

시산혈류의 도움도 컸고 실전은 어떤 방법보다 좋은 수련이었다.

마교의 십이대주신 중 몇 명은 꽤나 강해서 좋은 연습상대가 되어주었다.

물론 가장 좋은 상대는 역천금강수였다. 황세은으로 살면서 사용하지 않던 무공의 초식을 거의 사용해 볼 수 있었다.

그래서 무공이 올라오는 속도가 예상보다 빨랐다. 지금은 예전 파천마의 거의 칠 할에 육박하는 수준까지 끌어올렸다.

천무백은 대청으로 나왔다.

마을 유지가 산 중턱에 가지고 있던 장원을 강제로 빼앗은 것이다.

건물이 열두 채나 되어서 패왕성 인원 모두가 쓰기에 부족함이 없었다.

마교의 저항은 거셌지만 아직 도패군은 나타나지 않고 있었다.

'무슨 생각을 하고 있는 것일까?

패왕성으로 인해 마교지부가 쓸려 나가던 머지않아 나타날 것이라고 생각했다.

천무백이 예상한 곳은 호북성 정도였는데 호남성에 도착할 때까지 도패군은 나타나지 않았다.

천무백과 패왕성의 힘이 빠지기를 기다리는 것이라면 그건 천무백이 바라는 것이다.

패왕성의 마인들이야 죽어 나가겠지만 반대로 천무백은 강해질 테니까.

뜰에 내려와 잠시 서성이던 천무백은 방으로 들어가기 위해 몸을 돌렸다.

그러다가 어떤 소리에 걸음을 멈췄다. 아주 낮았지만 비명이라는 걸 알 수 있었다.

천무백은 소리가 난 동쪽으로 걸음을 옮겼다.

"습격… 컥!"

비로소 소리의 정체가 밝혀졌다.

수십 개의 옷자락 펄럭이는 소리가 들리더니 본격적으로 비명이 들리기 시작했다.

"적이다!"

삐이익—!

외침과 호각 소리가 고요하던 산중의 밤을 흔들어놓았다.

"드디어 도패군이 움직인 것인가?"

근육이 긴장감으로 인해 팽팽하게 당겨졌다. 그날이 올 줄은 알고 있었지만 무림과 자신의 운명이 결정 날 날이 오늘,

바로 지금이라고 생각하니 심장의 고동이 빨라졌다.

천무백은 심장박동을 가라앉히려는 것처럼 느리게 싸움이 시작된 곳으로 향했다.

장원은 단숨에 밝은 불빛으로 휩싸였다. 다들 잠에 빠져 허무하게 죽을 정도로 약한 패왕성이 아니었다.

"주군!"

건물 모퉁이에서 나타난 도백종이 천무백을 향해 허리를 숙였다.

그의 옷에는 이미 피가 묻어 있었다.

"마교냐?"

"마교는 아닙니다. 다들 검은 옷에 복면을 쓰기는 했지만 그들이 가진 무기나 무공으로 보아 남궁세가가 섞여 있는 것 같습니다."

천무백은 이맛살을 찌푸렸다.

"남궁세가?"

칠인회가 나섰다는 뜻이다. 그래 봐야 두 곳, 남궁세가와 파천추맹밖에 남지 않았다.

마교의 손에 떠밀려 습격을 한 게 분명하다.

오늘이 운명을 결할 날인 줄 알았는데 아직은 더 남은 모양이다.

"가보자."

천무백은 서두르지 않았다. 그들 두 문파라면 천무백이 나서지 않아도 충분히 막아낼 수 있었다.

누군가 어둠 속에서 날아오더니 천무백 앞에 털썩 떨어졌다.

"크윽—! 이 괴물새끼들!"

최소한 이 장 높이까지 떠올랐다 떨어졌으니 타격이 꽤 클 텐데 그는 벌떡 일어섰다.

그리고 뒤늦게 천무백을 발견한 후 황급히 허리를 숙였다.

"주군을 뵙습니다!"

삼십육마인 중 한 명인 곽구망(郭九望)이었다.

외문무공을 극성으로 익혀서 침으로 만든 침상에서 잠을 자는 자였다.

"네가 여기까지 날아오다니. 남궁강오라도 만난 모양이구나."

"그게 아니오라 역천금강수를 상대하다가 그만. 당장 가서 놈의 목을 잘라 버리겠습니다!"

천무백은 전장을 향해 날아간 곽구망을 보며 중얼거렸다.

"도패군이 역천금강수까지 쥐어준 걸 보니 인심 좀 썼군."

네 걸음을 더 가서 건물 모퉁이를 돌자 연자흠도 나타났다. 아직 싸움에 참가하지 않은 듯 깨끗한 모습이었다.

인사를 한 연자흠이 말했다.

"도패군이 무슨 생각을 하고 있는지 모르겠습니다. 오늘 습격은 틀림없이 도패군이 직접 왔을 거라고 생각했는데 말입니다."

"그놈 생각은 중요하지 않다. 만나서 죽이면 그만이니까."

드디어 전장으로 들어섰다. 넓은 뜰에 내려선 인원이 패왕성의 무사 숫자와 비슷한데, 담을 넘는 자들이 끊이지 않았다.

"많이도 끌고 왔군요."

숫자는 많았지만 싸움은 백중세였다. 역천금강수가 없었다면 많은 숫자에도 불구하고 남궁세가와 파천추맹이 일방적으로 밀렸을 것이다.

여섯 마리의 역천금강수는 확실히 대단한 위력을 발휘했다.

패왕성의 평무사는 싸워봤자 결과는 죽음이었다. 그나마 삼십육마인이나 되어야 어떻게 겨뤄볼 수 있을 정도였다.

장내를 쭉 훑어본 천무백은 유난히 무공이 뛰어난 한 명을 발견했다.

긴 흑발을 흩날리면서 손가락에 낀 한 자 길이의 혈조를 휘두르는 자. 현 파천추맹의 맹주 혈영조 고수당이었다.

"저자는 제가 상대해도 되겠습니까?"

도백종이 고수당을 보며 조심스럽게 물었다. 천무백은 고개를 끄덕였다.

도백종이 욕심나는 상대이기는 하지만 더 강한 자가 있었다.

남궁세가가 습격에 나섰으니 남궁강오도 참가했을 것이다.

천하십대고수 중 여섯 번째를 차지하고 있는 대연검 남궁강오.

그의 무공을 시험할 상대로는 제격이었다.

습격 왔던 자들이 계속 늘어나기는 했으나 싸움 양상은 오히려 패왕성에게 유리하게 돌아갔다.

아무리 숫자가 많다고 해도 무공의 수준이 숫자를 뛰어넘을 정도로 차이가 났다.

역천금강수 여섯은 삼십육마인 중 열두 명이 상대하고 있었다.

혈영조 고수당 또한 처음 반짝 했지만 도백종이 상대한 후로는 고전을 면치 못했다.

도백종은 천무백을 찾아 세상을 떠돌았다고 하더니, 그래도 무공은 녹슬지 않아서 고수당을 제압할 수 있을 것 같았다.

콰앙!

갑자기 들린 폭음에 천무백은 왼쪽으로 고개를 돌렸다.

자욱한 먼지와 함께 인육이 된 시신 네 구가 허공을 날고
있었다.

네 명이 가지고 있던 무기가 산산조각으로 부서지며 만든
파편이 사방으로 비산했다.

천무백은 먼지가 가라앉기도 전에, 담을 통째로 무너뜨리
며 나타난 자가 남궁강오라는 걸 알아봤다.

폭이 일곱 치나 되는 거대한 검을 든 남궁강오는 먼지 사이
를 뚜벅뚜벅 걸어왔다.

검은 수염을 가슴까지 드리운 남궁강오는 검에 어울리지
않는 호리호리한 몸매를 가지고 있었다.

달려드는 세 명의 무사를 더 죽인 남궁강오의 시선이 천무
백에게 고정되었다.

한 번도 만난 적은 없지만 둘은 서로를 알아보았다.

남궁강오가 천무백을 향해 뚜벅뚜벅 걸어왔다.

"주군. 제가……."

천무백은 손을 들어 연자흠의 말을 막았다.

"넌 다른 곳에 가서 싸워라."

남궁강오를 한 번 응시한 연자흠은 곧 전장으로 파고들었
다.

남궁강오의 걸음이 천무백의 오 장 앞에서 멈췄다. 기세 때
문인지 두 사람에게 달려드는 적은 없었다.

"내가 어리석다고 생각하오?"

밑도 끝도 없는 질문이다. 하지만 천무백은 남궁강오의 그 짧은 물음을 이해했다.

"어리석지. 도패군이 나보다 강하다고 믿다니."

"당신이 실종되었던 십여 년의 세월은 많은 것을 변하게 만들었소."

"세상에 변하지 않는 게 하나 있다."

"변하지 않는 건 없소."

"나 파천마가 고금제일이라는 것. 이건 변하지 않는다. 잊은 놈이 멍청한 것이지."

물끄러미 천무백을 보던 남궁강오가 검끝을 천무백에게 겨눴다.

"지난 십여 년 동안 당신은 뭘 했는지 모르지만 난 강해졌소."

천무백은 손을 뒤로 돌려 등에 맨 시산혈륜을 꺼냈다.

시산혈륜을 무기로서 쓰는 건 이번에 처음이었다.

"싸우기 전에 한 가지만 물어도 될까?"

"좋으실 대로."

"왜 칠인회에 들어간 것이냐? 정파의 기둥인 남궁세가가."

천무백이 물은 내용이 의외라는 표정을 짓던 남궁강오가 낯빛을 굳혔다.

“당신 때문이오.”

“나 때문이라고?”

“도저히 넘을 수 없는 벽인 당신을 넘기 위해.”

천무백은 실소를 머금었다. 그가 싸움을 앞두고 굳이 그런 물음을 던진 것은 오랫동안 고착된 인간의 마음이 어떻게 변할 수 있는지 궁금했기 때문이다.

백이십 년을 살아온 천무백으로서의 삶은 스스로 황세은을 용납하지 않았다.

그런데 남궁강오는 수백 년을 내려온 가문의 긍지와 전통까지 무너뜨린 채 자신의 평생을 부정했다.

그게 가능하다면, 어쩌면 천무백도 황세은의 삶을 받아들일 수 있을지도 모른다.

하지만 남궁강오에게서 나온 대답은 실망스러웠다.

그저 욕심을 부렸을 뿐이다. 본질이 변한 것이 아니라 인간의 욕심이라는 지극히 원초적인 욕망이 표출되었을 따름이다.

“못났군.”

남궁강오의 얼굴이 일그러졌다.

“내 검에 가슴이 뚫리고도 그런 소리가 나오는지 보자!”

남궁강오는 땅을 박찼다. 쭉 뻗어 나온 검강은 천무백을 반드시 죽이고 말겠다는 의지의 표현이었다.

남궁강오의 전신에서 아지랑이가 피어오르는 것 같았다.

등봉조극에 이른 내공을 극한으로 끌어올리면서 나타나는 현상이었다.

지난 십여 년 동안 강해졌다고 큰소리칠 만했다.

천무백은 정수리를 향해 떨어지는 검을 향해 혈륜을 휘둘렀다.

두 개의 기운이 부딪치면서 난 소리는 너무 커서 주변의 모든 소음을 삼켜 버렸다.

세상이 순식간에 정적으로 휩싸인 것 같았다. 그리고 가까이 있던 자들의 몸이 터져 나갔다.

죽은 자들은 마치 돼지방광에 피를 잔뜩 넣고 터뜨린 것 같은 그런 형상이 되었다.

죽은 자 중에 자신의 가문 사람도 있을 텐데 남궁강오는 전혀 신경 쓰지 않았다.

검강을 품은 거대한 검은 파도처럼 천무백을 향해 밀려왔다.

확실히 강했다. 십대고수 중 여섯 번째 위치해 있지만 마수령과 비교해도 밀리지 않을 것 같았다.

천무백은 폭풍처럼 몰아치는 남궁강오의 공격을 방어만 했다.

그것은 자신을 시험하는 것과 동시에 단련하는 싸움이었다.

남궁강오는 오직 힘으로 천무백을 밀어붙였다. 남궁세가의 특징을 그대로 보여주는 검법이었다.

아마 일각쯤 그렇게 쉼없이 부딪쳤을 것이다.

남궁강오의 검을 쳐 낸 혈륜 두 개가 하나로 합쳐졌다. 그리고 천무백의 신형이 제자리에서 빙글 돌았다.

쏴아악—!

대밭을 스치는 바람 같은 상쾌한 소리가 울리더니 천무백의 손에서 혈륜이 떠났다.

남궁강오는 목을 향해 날아오는 혈륜을 향해 검을 내려쳤다.

굉음이 울렸다. 검이 혈륜을 때렸다는 걸 의미했다.

그런데 혈륜은 거짓말처럼 검을 통과해서 남궁강오의 목을 훑고 지나갔다.

분명 막았으나 그것은 하나뿐이었다. 막혀서 땅에 떨어졌던 혈륜은 다시 천무백의 손으로 돌아왔고, 목을 자르고 지나간 혈륜은 호선을 그리더니 주인의 손에 얌전히 내려앉았다.

"쿨룩!"

짧은 기침과 함께 남궁강오의 목에 붉은 선이 그어졌다.

"역시 파천마는… 파천마……."

덧없는 욕심으로 인해 명예를 더럽히고 목숨까지 잃은 남궁강오의 머리가 힘없이 땅을 굴렀다.

“주군.”

어느새 싸움을 끝내고 돌아온 도백종이 천무백을 불렀다.

그의 어깨에는 피가 흐르고 있었지만 그리 심해 보이지는 않았다.

힐끗 시선을 돌리자 가슴이 뚫린 채 벽에 기대앉아 죽은 고수당이 보였다.

“싸움을 끝내고 와라.”

천무백은 돌아섰다. 그가 싸움에 참여하면 훨씬 빨리 정리가 되겠지만, 파천마는 이런 싸움에 끼지 않는다.

“편히 쉬십시오.”

인사를 한 도백종은 싸움의 한복판으로 뛰어들었고, 천무백은 수하들을 남겨둔 채 방으로 돌아왔다.

혈향 가득한 바람이 창문을 통해 불어왔다. 그 냄새가 싫었다.

“황인하. 자네가 순순히 그 산속으로 들어간 심정을 이제야 알 수 있을 것 같네.”

*　　　　*　　　　*

가백정(加白精)은 칼에 묻은 피를 털며 물었다.

“이 사실을 알면 교주님이 좋아하실까?”

태진중이 입가에 웃음을 머금고 대꾸했다.

"재미있어 하시겠지. 황세은이 사실은 파천마라니. 누군들 이걸 듣고 웃지 않겠나?"

두 사람은 나갔고 고깃덩이로밖에 보이지 않는 조철민은 힘없이 허공에서 흔들렸다.

＊　　　＊　　　＊

"우리도 십만대산으로 가야지요."

황오영의 말에 오기석이 씁쓸한 웃음을 머금었다.

"마교를 무너뜨리는데 정파가 파천마에 엎혀가는 것 같군요."

제갈문정이 말했다.

"사실이 그러하지요. 파천마가 아니라면 누가 감히 마교를 상대할 수 있겠습니까?"

"하지만 설사 파천마가 도패군을 쓰러뜨린다고 해도 정파로서는 똑같은 결과가 되는 것 아니오? 우리가 파천마라는 이름 아래 숨죽이고 살았던 그때를 잊었소이까?"

탁자의 끄트머리에 앉아 있는 자가 슬그머니 손을 들었다.

현기조였다.

"제가 한 말씀 드려도 되겠습니까?"

　서로 협력을 하고는 있었지만 정파만 모인 곳에서 현기조는 여전히 죄인일 수밖에 없었다.

　"얘기해 보시오. 맹주. 아참, 이젠 맹주가 아니지요. 뭐라고 불러야 할지 모르겠구려."

　대꾸를 하는 팽복성의 목소리에는 가시가 돋아 있었다.

　칠인회에 의해 아들을 잃었으니 마음에 남은 앙금은 절대 사라지지 않을 것이다.

　"이번의 파천마는 십여 년 전의 그 파천마와 다릅니다. 뭐, 순전히 제 느낌이기는 하지만 장사치로서 평생 사람들을 상대해 온 제 느낌은 틀린 적이 별로 없지요."

　"그럼 계속 장사나 할 것이지 칠인회 따위는 왜 만들어서 이 난장판을 피운 것이오?"

　제갈문정이 팽복성의 핀잔을 무마해 주었다.

　"지금은 지난 일로 티격태격할 때가 아닙니다. 현 맹주가 본 파천마는 어떠했소?"

　"기세만으로 숨을 죽이게 만드는 힘이 있기는 했으나, 그 안에 부드러움이 있더군요. 물론 친절하지는 않았습니다. 사실 실종되기 전의 파천마를 만난 적이 없어서 비교는 불가능하지만, 연전에 만난 그자는 부모조차 죽일 수 있다는 그런 악한의 느낌은 아니었습니다."

　"파천마가 변하기라도 했단 말이오?"

“소문으로만 들었던 파천마가 그냥 괴물이었다면, 지금의 파천마는 그나마 사람 냄새가 났습니다.”

지금껏 잠자코 있던 혜현 선자가 입을 열었다.

“파천마가 도패군을 이긴다 한들 지금보다 더 나빠질까 요?”

마교천하인 지금이 최악이라는 건 모든 정파인이 공감하 는 사실이었다.

파천마에 의해 숨죽이고 있을 때도, 패왕성이 이처럼 철저 하게 정파를 핍박하지는 않았었다.

“십만대산으로 가야 합니다. 파천마와 힘을 합한다는 게 우습기는 하지만 우리에게는 선택의 여지가 없습니다.”

그녀의 말을 제갈문정이 받았다.

“혜현 장로님의 의견에 나도 동감하오. 패왕성이 마교의 지부들을 파죽지세로 괴멸시키고는 있지만, 그 과정에서 상 당한 출혈이 있었소. 그들이 십만대산에 도착할 때쯤에는 전 력의 오 할 이상은 소진될 게 분명하오. 그 상태로 마교의 정 예와 싸운다면 아무리 파천마가 대단하다고 해도 이기기 어 려울 것이오.”

“허허! 파천마가 대단하긴 대단하구려. 두림의 모든 정파 가 마교에 지리멸렬했는데, 그런 마교를 상대로 이런 싸움을 벌이다니. 하아—!”

황오영의 장탄식만큼이나 정파의 앞날은 어두웠다.

칠인회와 마교를 상대하느라 정파의 고수들뿐 아니라 후기지수들까지 부지기수로 죽어 나갔다.

"이럴 때 적운협이라도 있었으면 좋으련만."

누군가의 말에 혜현 선자가 황급히 입을 열었다.

"없는 애 얘기를 해서 뭐하겠어요? 살아 있으면 언젠가는 나타나겠죠. 그보다 참가하기로 중지를 모았으면 어서 준비를 해야죠. 싸움 끝난 다음에 도착하지 않으려면요."

*　　*　　*

쾅! 쾅! 쾅! 쾅!

천 번을 제련한 만년한철에 손바닥 자국이 깊숙하게 새겨졌다.

사방 서른 평의 방은 모두 만년한철로 만들어져 있었고 그곳에는 수천 개의 손바닥 자국이 찍혀 있었다.

"후우—!"

도패군은 긴 숨을 토해낸 후 벗어놓은 옷을 입었다.

현재 그의 내부는 주체할 수 없는 힘이 끓어 넘치고 있었다.

그냥 놔두면 스스로 폭발할 것 같아서 매일 이처럼 벽에 대고 장력을 쏟아내야 했다.

하지만 이건 사흘의 갈증에 물 한 방울 정도의 효과밖에 없었다.

정말 강한 적과 온 힘을 다해 싸우는, 그래서 가지고 있는 힘을 모두 쏟아부어야 이 갈증이 해소될 것 같았다.

쿵! 쿵!

누군가 연공실의 문을 두드렸다. 아무도 방해하지 말라는 명령을 어길 수 있는 사람은 공야목뿐이다.

그것도 어지간히 급하지 않고서는 찾아오지 않을 것이다.

'파천마가 벌써 도착한 건가?'

도패군은 철문을 열었다. 역시 공야목이었다.

"무슨 일이냐?"

"재미있는 소식을 전하려고 왔습니다."

"급한 일이 아니라 재미있는 소식? 그것 때문에 여길 방문했단 말이냐?"

"제 얘기가 만족스럽지 않으시면 제 목을 치십시오."

공야목은 종종 자신의 목숨을 놓고 흥정을 한다. 살 만큼 살았다는 늙은이의 배짱이었는데, 공야목이 아직 죽지 않은 건 그 흥정에서 항상 승리하기 때문이다.

그래서 궁금해졌다.

"할 얘기가 무엇인데?"

도패군의 발은 벌써 연공실을 빠져나가고 있었다.

"황세은에 관한 소식입니다."

"그 애송이에게 목숨을 걸다니. 너답지 않구나."

황세은이야 골치 아픈 존재였기는 하지만, 실종된 지 오래고 설사 나타난다고 해도 대수롭지 않았다.

"거기에 파천마도 끼어 있습니다."

"황세은과 마천마? 둘이 엮일 일이 있단 말이냐?"

"흐흐흐, 저도 그런 일이 있을 거라고는 생각하지 않았습니다. 그런데 일어나더군요."

공야목이 자꾸 변죽을 울렸다. 도패군은 채근하지 않고 공야목이 얘기를 하도록 내버려 두었다.

살 만큼 산 공야목이 저런 재미를 느낄 일이 얼마나 되겠는가?

"황세은이 사라진 후로 녀석을 찾으라고 명령을 내린 적이 있습니다. 그런데 명령을 내린 지가 오래되었고 그동안 본 교가 여러 모로 바빠서 명령을 수행하던 수하 대부분이 복귀를 했습니다. 그런데 그중 몇몇은 충실하게도 계속 황세은을 찾고 있었죠."

"그래서 찾았느냐?"

"뭐, 찾았다고 볼 수도 있지만… 제 말을 끊지 말아주시겠습니까?"

“계속해라.”

“네. 황세은을 찾던 수하 중에 도화민이란 계집이 있는데 그 계집이 황세은 대신 누굴 찾은 지 아십니까?”

“슬슬 지겨워지는구나.”

“바로 황세은의 아들을 찾았습니다.”

도패군은 시큰둥하게 대꾸했다.

“별로 놀라울 것도 없구나. 다 큰 사내놈이 씨를 뿌리고 다니면… 젠장! 그래서? 내가 고자라 황세은이 후손을 본 사실에 놀라야 한단 말이냐? 이혼대법을 아는 술법사를 찾는 건 어떻게 되어가느냐?”

“그건 제가 최선을 다해 알아보고 있는 중입니다. 지금은 제 얘기가 먼저입니다.”

순간 도패군은 만약 얘기가 재미없으면 공야목을 죽이는 것을 심각하게 고민했다.

“제가 그 아들을 잡아오라고 시켰고 그 와중에 어찌어찌 조철민까지 사로잡게 되었습니다. 네, 맞습니다. 낙일검문의 그 조철민입니다. 그런데 그녀에게서 놀라운 사실을 알아냈습니다.”

생명의 위협을 감지했는지 공야목은 이야기를 빨리 진행했다.

“내가 재미있어 할 얘기가 조철민에게서 나온 것이냐?”

“그렇습니다. 지금까지 숨겨져 왔던 황세은의 정체입니다.”

“전수자 황인하의 손자 아니더냐?”

“하지만 친손자는 아니죠. 열 살 이전의 기억은 아예 없고요.”

“그럼 이번에는 뭐냐? 황세은이 알고 보니 파천마의 아들이었다는 것이냐?”

공야목은 고개를 저었다.

“아닙니다. 파천마의 아들이 아니라 바로 파천마 본인이었습니다.”

도패군은 걸음을 우뚝 멈췄다.

“황세은이 파천마고 파천마가 황세은이란 말이냐?”

“그렇습니다. 무슨 저주에 걸린 파천마가 황인하를 찾아가 자살을 했는데, 죽지는 못하고 어린 황세은으로 환골탈태를 했다고 합니다.”

“환골탈태? 그게 정말 가능하단 말이냐?”

“전설처럼 내려오는 허구를 파천마가 실제로 보여준 것이지요. 그것 때문에 과거의 기억은 완전히 사라졌지요. 그런 파천마를 황인하가 거둬서 황세은으로 키웠다고 합니다. 그러다 최근 파천마로서의 기억을 찾은 모양입니다. 파천마의 실종에 대한 의문이 비로소 풀린 거지요.”

“허허, 실제로 그런 일이 가능하다니……. 허허…….”

자꾸 헛웃음이 나왔다. 아무래도 공야목은 조금 더 살 수 있을 것 같았다.

“지금 황세은, 그러니까 파천마의 아들과 그 어미가 이곳으로 오는 중입니다. 최고의 이용물 아니겠습니까?”

“관둬라.”

“네?”

“나와 파천마의 대결에 그런 잡스러운 것을 끼워 넣지 말란 말이다.”

“하지만…….”

“내가 파천마의 상대가 되지 못할 것 같으냐?”

공야목은 황급히 허리를 숙였다.

“그럴 리가 있겠습니까? 그러나 무기는 많을수록 좋다고 생각합니다. 더욱이 정파까지 싸움에 합세할 기미가 보이니 필승을 장담하기 어려운 상황입니다.”

“나와 파천마의 싸움. 그 승자가 이 전쟁의 승자다. 알겠느냐?”

“명심하겠습니다.”

꼼수는 필요 없다. 도패군은 파천마와의 대결을 학수고대하고 있었다.

‘어서 와라. 파천마.’

*   *   *

백가연과 화문진은 나란히 앉아 어두운 뜰을 내려다보고 있었다.

밤이 되었지만 기왓장은 낮에 받은 햇빛의 온기를 간직해 아직 따뜻했다.

"그 사람이 마교와 이렇게까지 싸울 수 있을지는 몰랐어요. 꽤나 길고 지루한 싸움이 될 줄 알았는데 이처럼 파죽지세로 몰아붙이다니 말이에요."

화문진의 말에 백가연이 웃음을 머금었다.

"네가 '그 사람'이라고 지칭하는 이가 파천마야. 무림인이 아니라 그 이름을 실감하지 못했던 모양인데, 그는 모든 무림인에게 신이면서 악마였던 사람이라고. 그가 거느렸던 패왕성은 무림에서도 독보적인 존재였고. 그가 무림을 재패하려고 마음먹었다면 지금의 마교보다 훨씬 쉽게 접수했을 거야."

"그런가요? 제가 어릴 때 실종됐잖아요. 그 사람."

자꾸 그 사람이라는 호칭으로밖에 나오지 않았다. 파천마라고 해버리면 황세은을 부정하는 게 되고, 그렇다고 황세은이라고 지칭할 수도 없었다.

“거기서 뭐하느냐?”

뜰로 나온 마수령이 고개를 한껏 들어 그들을 올려다보고 있었다.

“바람 좀 쐬려고 올라왔어요.”

“높은 곳에 있지 마라. 속옷 보인다.”

“호호호! 할아버지 눈이라도 호강시켜 드려야죠.”

화문진의 농담에 마수령이 바퀴의자를 밀며 안으로 들어 갔다.

“난 입이 호강하는 게 더 좋다. 와서 술이나 마시자.”

마수령은 끊었던 술을 며칠 전부터 다시 마셨다. 그게 그리 걱정되지 않는 건 마시는 양이 예전 같지 않아서다.

그녀들이 지붕에서 내려와 방에 들어갔을 때는 이미 술상 이 차려져 있었다.

술은 고작 한 병뿐이었다.

“그 녀석은 파천마가 아니라 황세은이다.”

술이 한 순배 돌고 마수령이 한 말이었다. 백가연이나 화문 진이 아니라 마수령의 입에서 그런 말이 나올 줄은 몰랐다.

“하지만 그걸 결정하는 건 본인이잖아요?”

“본인이 잘못 결정하면 주변에서 바로잡아 줘야지. 왜? 녀 석이 파천마인 게 더 좋으냐?”

두 여인이 동시에 소리쳤다.

“그럴 리가 없잖아요!”

비록 황세은이 파천마라고 해도, 황세은 본연의 모습으로 만 돌아와 준다면 상관없었다.

아니, 간절하게 그것을 원했다.

하지만 황세은 본인이 그것을 거부하니 그녀들로서도 어 찌할 수가 없었다.

“그럼 포기하지 마라. 녀석이 죽지 않은 이상 언제나 기회 는 있으니까.”

마수령은 창밖으로 시선을 돌렸다. 둥근 달이 창 중앙에 다 소곳이 자리해 있었다.

“내일이면 드디어 광서성이구나.”

십만대산은 그렇게 훌쩍 가까워져 있었다.

무림과 자신들의 운명을 결정할 이 싸움을 먼 곳에서 기다 리고 있을 수는 없었다.

그래서 여기까지 왔다. 어쩌면 호랑이의 아가리가 될지도 모르는 이곳을 말이다.

“황 공자님도 곧 도착하시겠지요?”

어렵게 백가연이 황세은의 호칭을 입에 올렸다.

“하오문의 보고를 받는 사람은 너 아니더냐?”

“하오문도 예전 같지 않아서요.”

“우리가 빨리 도착하면 기다리면 되지. 어쨌든 기다림이길 것 같지는 않구나."

　화문진이 독백처럼 물었다.

　"이길 수 있겠죠?"

　마수령이 말했다.

　"난 걱정하지 않는다. 파천마였던 적도 있는 녀석이니까."

第六十四章　결전(決戰)

破天魔
파천마

열여섯, 삼백이십칠.

삼십육마인과 여기까지 살아서 온 패왕성 무사들의 숫자였다.

숫자는 거의 삼분의 일로 줄었지만 그만큼 강한 자들만 도착했다.

멀리 십만대산의 끝없는 봉우리가 보였다. 이름 그대로 십만 개는 될 것 같았다.

"주군. 척후병의 보고에 의하면 아무도 없다고 합니다."

"아무도 없다니?"

“저기 저 마을 말입니다.”

연자흠이 가리킨 곳은 십만대산 초입에 자리한 마을이었
다.

대략 오백 가구 정도가 모여 사는 꽤나 큰 마을인데 사람이
없다는 건 이상했다.

“싸운 흔적이 보이지 않는다고 하니 스스로 떠난 것 같습
니다.”

하긴 그들이 십만대산을 향해 오고 있다는 소식을 들었으
니 괜히 있다가 싸움에 휘말릴 수도 있을 터, 일찌감치 피난
을 가는 게 현명한 처사였다.

천무백은 십만대산으로 눈길을 돌렸다. 도패군이 기다리
고 있는 곳이다.

함정을 준비했을지 아니면 힘으로 누르기를 바라고 있을
지 알 수 없다.

설사 함정이 있더라도 가야 한다.

천무백이 막 걸음을 옮기려 할 때 마을에서 누군가 나왔다.

“사람이 없다고 하지 않았던가?”

뒤늦게 연자흠도 마을에서 나오는 사람을 발견했다.

“척후가 놓친 모양입니다. 그런데… 곧바로 이쪽을 향하고
있군요.”

다가오고 있는 자의 속도는 꽤나 빨라서 반각이 지나지 않

아 그들이 있는 곳에 당도했다.

환갑 정도 되는 노인으로 누군가의 전령으로 일하기에는 나이가 많았다.

십오 장 저쪽에서 주위를 쭉 훑어보던 노인이 곧장 천무백에게로 다가왔다.

"귀하가 파천마요?"

이 많은 인원 중에서 천무백을 지목한 것은 사람 보는 눈이 좋다는 뜻이다.

"무슨 일이냐?"

"난 십이대주신 중 호신(虎臣)을 맡고 있는 조보충(趙保忠)이라고 하오. 교주님의 전갈을 가지고 왔소."

"들어보지."

"교주님께서는 귀하 혼자 오기를 바라오."

조보충의 손가락이 마을을 가리켰다.

"저곳으로."

도백종이 버럭 소리를 질렀다.

"무슨 개수작을 부리는 것이냐!"

그때 뒤쪽에서 외침이 터졌다.

"적이 나타났습니다!"

천무백은 사방에서 다가오는 기척을 느꼈다. 그리고 곧 벌판의 세 방향에서 마교도의 모습이 보이기 시작했다.

여기까지 오면서 꽤나 많은 마교도를 죽였는데도 눈에 보이는 숫자만 천을 헤아렸다.

"교주님께서는 귀하와 아무도 방해하지 않은 곳에서 싸우기를 원하시오."

"거기가 저 마을이라는 것이냐?"

"그렇소. 교주님께서는 이미 기다리고 계시오."

도패군도 무인이었다. 정상에 선 무인의 고독을 누구보다 잘 알고 있는 천무백이다.

"좋군. 그렇게 하지."

"주군. 함정일 수도 있습니다."

연자흠의 말에 천무백은 걸음을 떼며 말했다.

"그러면 또 어떠랴."

걸음을 옮기다 말고 고개를 돌린 천무백은 연자흠과 도백종을 향해 말했다.

"너희는 살아남았으면 좋겠구나."

그 두 사람은 패왕성의 다른 마인들과 달랐다.

패왕성의 마인들은 그야말로 악인이었다. 무공을 익히다가 시험 삼아 성을 떠나 비무라는 이름으로 사람을 죽이는가 하면, 무료하다는 이유로 아녀자를 강간하는 걸 당연하게 여겼다.

하지만 연자흠과 도백종은 시종 천무백의 곁을 지켰다.

충성이라는 단어를 사람 이름으로 바꾼다면 연자흠과 도백종이 될 것이다.

"주군……."

두 사람은 멀어지는 천무백을 향해 아무 말도 하지 못했다.

천무백은 마을로 향하는 비탈길을 내려갔다. 서두르지 않는 그의 걸음에 최초의 비명이 밟혔다.

도패군과의 결전에 앞서 패왕성과 마교의 최후의 싸움은 이미 시작되었다.

양쪽으로 논이 펼쳐진 길을 한참 가자 마차가 다닐 수 있는 넓은 길이 나왔다.

띄엄띄엄 자리한 집들은 어느새 번화가로 이어졌다.

큰길 양쪽으로 식당이며 포목점, 철물점 같은 상점들이 늘어서 있는데 다들 문이 닫혀 있었다.

그 모습이 허허벌판보다 더 을씨년스럽게 보였다.

번화가의 중심쯤에 닿았을 때 비로소 도패군을 만날 수 있었다.

일 년 전 그때의 모습 그대로였다. 다른 점이 있다면 양손에 칼 두 자루를 들었다는 것 정도.

"오랜만이군."

도패군이 먼저 인사를 건넸다. 처음 만났을 때는 조청호였는데 이젠 파천마로 재회를 했다.

“첫 대결은 조금 싱거웠지?”

도패군의 물음에 천무백이 대답했다.

“대결이라고 할 것도 없었지. 그때는 파천마가 아니었으니까.”

“지금은 확실한 파천마인가?”

“곧 알게 되겠지.”

천무백은 등에서 시산혈륜을 꺼냈다.

“륜이라. 그때의 검보다 나았으면 좋겠군.”

“그것도 곧 알게 되겠지.”

“긴 말은 필요 없다는 건가?”

“말로 싸울 거면 거시기를 떼버려야지. 아참, 이미 떨어졌다는데, 사실인가?”

도패군은 긴 한숨을 쉬었다.

“이놈이나 저놈이나 죽기 전에는 꼭 그 소리를 하는군.”

천무백은 혈륜을 들어 올리며 말했다.

“내 입을 막고 싶으면 어서 그 칼을 휘둘러.”

“마지막으로, 이건 적이창이라고 한다.”

“창처럼 안 보이는데?”

“날 궁지에 몰아넣으면 진정한 모습을 보게 될 거다.”

“별로 궁금하지는 않지만 꼭 보게 될 것 같군.”

“그러길 바란다.”

대화는 그것으로 끝이었다. 누가 먼저라고 할 것도 없이 두 사람은 서로를 향해 몸을 날렸다.

적이창이라는 생김새와는 어울리지 않는 두 개의 칼과 두 개의 륜이 부딪쳤다.

큰길 양쪽에 있는 포목점과 식당이 그 충격으로 무너져 내렸다.

도패군이 휘두른 적이창은 륜에 막혔고, 천무백의 공격은 또 다른 적이창에 부딪쳤다.

보통 공수가 교대되게 마련인데 두 사람은 한꺼번에 공격과 수비를 함께했다.

네 사람이 각각 하나씩의 병기를 들고 싸우는 것 같았다.

도패군은 근접전을 좋아했고 천무백 또한 그런 긴장을 즐겼다.

둘 모두 오랜 세월 정상의 고독을 느꼈던 자들이다.

맞수가 존재하지 않는다는 외로움을 달래는 시간이니 흥분이 남다를 수밖에 없었다.

목숨을 건 싸움이 즐거울 수 있는 건 그 때문이었다.

물론 둘 모두 자신이 이길 거라고 확신했기에 느끼는 즐거움이었다.

시간이 지나 패색이 짙어지는 쪽은 지금의 즐거움이 괴로움으로 바뀔 것이다.

두 사람의 이동거리는 짧았다.

천무백이 몇 발짝 물러서는가 싶다가도 도패군이 후퇴를 하는 양상이 반복되었다.

그사이 거리는 초토화가 되어서 반경 십 장 안에 지붕이 남아 있는 건물이 존재하지 않았다.

시간의 흐름을 느낄 수 없을 정도의 치열함 속에서 둘 모두 이런 식으로는 결판이 나지 않을 거라는 걸 깨달았다.

힘이 모두 빠져 헉헉거리는 초라한 모습을 보일 수는 없었다.

도패군은 적이창을 크게 휘둘러 천무백을 물러나게 만들었다.

"지겹군."

적이창이 땅과 수평이 되게 뉘어졌다. 그리고 도패군의 팔이 위아래로 한 뼘의 폭으로 진동했다.

그러자 적이창의 색깔과 같은 붉은 기운이 천무백을 향해 날아왔다.

화들짝 놀란 천무백은 혈륜으로 두 개의 기운을 쳐 냈다.

"검탄(劍彈)!"

무기에서 강기를 발출하는 탄기는 비록 사용하는 무기가 칼이라도 통틀어 검탄이라 불린다.

검강 최후의 경지라고 알려진 검탄은 이기어검과 함께 검

객에게 꿈의 경지였다.

어찌 보면 검강을 쏘아내는 검탄이야말로 이기어검보다 더 높은 경지라고 할 수도 있었다.

"역시 파천마 정도 되니 검탄을 알아보는군. 언제까지 받아낼 수 있을까?"

도패군의 팔이 다시 한 번 위아래로 움직였다. 두 번째의 검탄은 처음보다 훨씬 빨랐다.

처음에는 그저 보여주는 것이었고 이제부터가 진짜라는 걸 알 수 있었다.

천무백은 안쪽에서 바깥쪽으로 륜을 펼쳐 검탄을 쳐 냈다.

팔 전체에 찌릿한 통증이 찾아왔다.

검탄의 무서운 점은 천무백에게 아픔을 줄 정도의 위력과 더불어 그 연속성에 있었다.

계속 날아오는 검탄은 오직 방어밖에 허락하지 않았다.

워낙 내공 소모가 심한 무공이라 오래 시전하기는 어렵겠지만, 대부분의 경우 시전자보다 공격을 받는 자가 먼저 죽게 된다.

물론 그건 일반적인 경우였고 천무백은 일반과는 거리가 먼 사람이었다.

검탄은 갈수록 위력을 더했고 빨라졌지만 혈륜을 뚫지는 못했다.

천무백은 애써 다가가려 하지 않았다. 그가 고통을 느끼는 것처럼 도패군 또한 내공을 소모하고 있었다.

쓰러지지만 않으면 시간은 천무백의 편이었다. 이렇게 공격만 당하고 있는 게 마음에 들지 않았으나 지금은 파천마다움보다 승리가 더 간절했다.

싸움에서 이기고 마교를 무너뜨려야 지난날 자신의 악행을 얼마라도 상쇄할 수 있었다.

천무백은 혈륜을 날리고 싶은 것을 애써 참으며 오로지 방어에만 힘을 기울였다.

검탄을 막는 혈륜의 이빨이 하나씩 날아갔다. 천하십대병기 중 하나인 혈륜조차 감당하지 못할 만큼 검탄의 위력은 대단했다.

찌직—!

날에 이어서 기어코 본체에도 금이 가기 시작했다. 방어할 무기를 잃으면 검탄을 맨몸으로 맞서야 한다.

아무리 천무백이라도 그건 너무 위험했다.

승리할 수 있는 가장 안전한 길을 택하려고 했는데, 결국 모험을 할 수밖에 없는 상황이 되었다.

'그도 나쁘지 않지.'

두 개의 검탄을 동시에 쳐 낸 천무백은 가슴에서 바깥쪽으로 팔을 힘차게 펼쳤다.

끼이이잉—!

두 개의 혈륜이 검탄에 뒤지지 않은 속도로 날아갔다.

천무백의 갑작스러운 반격에 놀란 도패군이 황급히 적이창을 휘둘렀다.

카앙!

적이창에 부딪친 혈륜은 도패군의 어깨를 스치고 지나갔다가 짧은 호선을 그린 후 돌아왔다.

도패군은 피가 배어 나오는 어깨를 힐끗 본 후 웃음을 머금었다.

"검탄을 썼는데도 내게 상처를 입히다니. 역시 파천마로군."

"검탄 정도로는 안 되지."

"나도 아직 서 있는 널 볼 수 있어서 기쁘군. 비로소 적이창의 진정한 모습을 보여줄 수 있으니 말이야."

도패군은 적이창의 손잡이 아랫부분을 서로 맞댔다.

끼릭! 하는 소리가 울리더니 적이창은 두 개의 칼에서 양쪽에 긴 날이 달린 기묘한 모양의 창으로 바뀌었다.

천무백은 손에 든 혈륜을 힐끗 봤다. 금이 간 혈륜으로 검탄보다 무서울 게 분명한 도패군의 공격을 막아낼 수 있을까?

상황은 그리 낙관적이지 않았다.

그러다 문득 혈륜의 차가운 감촉에 한 가지를 깨달았다.

혈륜을 쥐고 있는 그의 양손.

천하십대병기 중 당당히 첫 자리를 차지하고 있는 그의 손은 세상 어떤 병기보다 강했다.

세상에서 가장 강력한 무기를 가지고 있는데 혈륜에 금이 갔다고 조급해하다니.

그래서 천무백은 미련없이 혈륜을 땅에 던져 버렸다.

"항복이라도 할 생각이냐?"

"맨손으로 충분할 것 같아서."

도패군의 입가에 비릿한 웃음이 걸렸다.

"웃긴 녀석이군. 네 호기가 얼마나 어리석은지 곧 알게 될 것이다."

우웅!

도패군은 적이창을 머리 위로 올려 돌리기 시작했다.

직선의 적이창이 붉은 원형으로 보일 때쯤 도패군의 몸도 적이창처럼 회전했다.

우우우웅!

바닥에서 들어 올려진 자욱한 먼지는 회전하는 도패군에게로 모여들었다.

그 모습은 붉은 소용돌이 그대로였다. 그 폭이 일 장에서 이 장, 삼 장으로 넓혀져 이내 천무백의 발치까지 다다랐다.

시익—!

붉은 소용돌이의 끝자락에 걸린 장포가 가루로 변해 흩어졌다.

천무백은 소용돌이를 향해 일 장을 내질렀다. 만근 바위라도 가루로 만들 수 있는 위력의 장력은, 그러나 바다에 던진 돌멩이처럼 흔적도 없이 사라졌다.

천무백은 소용돌이를 피해 뒤로 몸을 날렸다.

소용돌이가 쏘아져 온 것은 천무백의 발이 땅에 닿은 그 순간이었다.

갑작스러운 움직임이었고 쾌검수의 검보다 빨랐다.

깜짝 놀란 천무백은 소용돌이를 향해 양손을 내질렀다.

장력을 발출하는 것과는 비교할 수 없을 정도의 힘을 내포한 공격이었다.

가가가강!

소용돌이의 가장자리와 천무백의 손이 부딪치자 굉음이 터졌다.

팔 전체에 느껴지는 고통에 하마터면 비명을 지를 뻔했다.

천무백은 하는 수 없이 또 물러나야 했다. 폭풍과 닿은 소매는 먼지가 되어 흩어져 버렸다.

한 번의 격돌로 잠시 주춤했던 소용돌이가 다시 쏘아져 왔다.

천무백은 건물이 밀집한 곳으로 몸을 날렸다.

콰광!

그를 쫓아온 소용돌이에 부딪친 건물은 형체도 없이 무너졌다.

건물의 잔해까지 위로 품어서 말아 올린 소용돌이는 그 덩치를 더욱 키웠다.

천무백은 전 공력을 모아서 다시 한 번 장력을 뿜어냈다.

천력해번장(天力海飜掌)이라는 이름답게 위력으로는 천하에 손꼽히는 장법이었다.

쾅! 하는 굉음과 함께 소용돌이를 감싸고 있던 건물 잔해와 먼지가 순식간에 걷혔다.

맹렬하게 돌던 붉은 기운도 주춤하는 것 같았다.

하지만 그것도 잠시, 도패군의 회전은 다시 빨라졌다.

본 모습을 확인할 수 없으니 그의 장력에 충격을 받았는지 의문이었다.

천무백은 지붕을 밟으며 후퇴했고 도패군을 품은 소용돌이는 걸리는 모든 것을 부수며 쫓아왔다.

공력을 최고로 끌어올려 발출한 장력이 계속해서 소용돌이를 때렸다.

그럴 때마다 소용돌이를 덮은 먼지가 걷히고 건물을 부수면 다시 뿌옇게 되돌아가는 모습이 반복되었다.

그러는 사이 소용돌이는 점점 덩치를 키워갔다. 처음 폭은 삼 장이었으나 싸움이 이각을 넘어간 지금은 십 장에 이르렀다.

저 안에 있는 도패군이 아닌 붉은 소용돌이 자체와 싸움을 하는 것 같았다.

소용돌이가 워낙 거대해서 조금만 움직여도 집 한 채씩이 날아갔다.

천무백과 도패군의 가공하면서 기묘한 대결 때문에 이미 마을의 반은 날아갔다.

천무백은 소용돌이를 향해 연신 장력을 날렸다. 그가 발출한 장력의 위력이면 작은 산 하나는 우습게 뚫어버릴 것이다.

하지만 소용돌이에 부딪친 그 막대한 힘은 그저 멈칫거리는 충격밖에 주지 못했고 어쩔 때는 힘없이 사라지기도 했다.

거기다 속도까지 지독히도 빨랐다. 공력을 모아 장력을 발출하는 그 찰나의 시간조차 끌어내기 힘들 정도였다.

소용돌이에서 튀어나온 돌멩이에 맞기도 해서 옷은 이미 걸레처럼 변해 버렸다.

싸움을 시작한 지 반 시진 만에 완전 거지꼴이 되었다.

호신강기로 인해 상처를 입지는 않았지만 시간을 더 끌면 그마저도 장담할 수 없다.

장력이란 기본적으로 내공 소모가 극심한 무공이다. 한 시진 내내 산을 무너뜨릴 위력의 장력을 쏟아부었으니 아무리 천무백이라도 서서히 힘겨움을 느끼는 중이었다.

반면 도패군이 일으킨 소용돌이의 위력은 줄어들기는커녕 이제 그 폭이 삼십 장에 달했다.

마을은 흔적조차 사라져 떠난 이들은 돌아올 곳이 없어져 버렸다.

뇌리에 설핏 '후퇴'라는 단어가 떠올랐다. 적절한 단어는 후퇴지만 등을 보여야 하니 도망으로 비춰질 수도 있었다.

소용돌이가 아무리 빨라도 천무백이 펼치는 경공을 따라올 수는 없을 것이다.

천무백을 쫓으려면 소용돌이를 풀어야 하니 그때 도패군의 상태를 확인할 수 있었다. 그리고 처음부터 시작하면 싸움의 양상을 다른 식으로 끌고 갈 자신도 있었다.

이기기 위해서는 그 방법이 가장 좋다는 걸 알면서도 천무백은 소용돌이를 향해 계속해서 장력을 쏟아부었다.

그는 파천마다. 그 이름으로 산 삶이 마음에 들지 않았으나 인간의 본질이 바뀌는 건 아니다.

파천마가 적에게 등을 보일 때는 적이 이미 죽었을 때뿐이다.

싸움은 마을을 초토화시킨 후 십만대산 쪽으로 이동하고 있었다.

모든 것을 파괴해 버리는 소용돌이의 폭은 백 장으로 커졌다.

쾅! 쾅! 쾅!

연달아 세 번의 장력을 쏟아부은 천무백은 또 물러섰다.

숨이 거칠어지기 시작했다. 장력의 위력은 여전했으나 앞으로 반 시진 정도만 지나면 약해질 것이다.

어떻게든 그 안에 결판을 내야 한다. 도망치지 않는 다음에야 결판을 내는 방법은 하나뿐이었다.

저 소용돌이와 정면으로 맞서는 것!

'가능할까?'

부딪쳐 보기 전에는 알 수 없었다. 하지만 이대로 뒷걸음질만 치다가는 필패라는 게 명확하다.

'싸움은 목숨을 걸어야 제 맛이지.'

크게 뛰어서 물러선 천무백은 양손에 모든 공력을 모았다.

팔 전체에 아지랑이 같은 기운이 피어올랐다.

시시식!

그나마 남아 있던 소매의 천조가리가 먼지로 흩어졌다.

고오오오—!

거대한 소용돌이가 천무백을 향해 짓쳐들었다. 모든 것을 부수고 삼켜 버리는 붉은 소용돌이.

천무백은 가슴 앞으로 모았던 팔을 벌려 항아리를 안은 것 같은 자세를 만들었다.

그의 주먹은 단단하게 쥐어졌고 다리는 하늘을 받치는 기둥처럼 뿌리내렸다.

"와라!"

소용돌이가 부딪쳤다.

왕서연은 황선우를 안고 있었다. 그리고 그 뒤에는 공야목이 있었다. 그리고 그들의 백 장 전면에는 거대한 소용돌이와 천무백이 있었다.

공야목은 혹시나 하는 노파심으로 왕서연과 황선우를 여기까지 데려왔다.

만에 하나 도패군의 패색이 짙어지면 이들을 인질로 이용할 생각이었다.

도패군의 반대에도 불구하고 공야목은 자신의 생각을 실행에 옮겼다.

도패군은 왕서연 모자가 이미 사흘 전에 도착해 있었다는 것도 몰랐다.

"잘 봐라. 저기 있는 사람이 너희가 그토록 보고 싶어 하는 황세은이다."

공야목이 얘기를 해줬지만 백 장이란 거리는 얼굴을 확인하기에는 너무 멀었다.

"물론 지금은 다른 사람이지만. 곧 죽을 사람이기도 하고."

그 말에 왕서연의 어깨가 움찔 떨렸다. 품에 안은 황선우를 꼭 안은 왕서연이 물었다.

"우리에게 원하는 게 뭐죠?"

"지금은 혹시나 해서 데려왔는데 괜한 걸음을 한 것 같구나."

누가 봐도 지금의 천무백은 불을 향해 뛰어드는 나방의 모습이었다.

공야목은 왕서연의 어깨에 양손을 올렸다.

"파천마의 자식은 과연 어떤 몸을 지니고 있을까? 난 그게 궁금해 죽을 지경이다. 흐흐흐……."

천무백의 전신은 바람 맞은 문풍지처럼 정신없이 떨렸다.

각오는 하고 있었지만 소용돌이는 천무벽을 단숨에 백 장은 날려 버릴 것처럼 거셌다.

발을 땅에 뿌리박은 천무백은 모든 공력을 끌어올려 버텼다.

소용돌이는 점점 다가오면서 천무백을 삼켰다.

가가가가—!

호신강기와 소용돌이가 부딪치면서 돌덩이가 마찰하는 소리가 들렸다.

천무백은 눈을 부릅뜨고 도패군을 찾았다. 소용돌이의 외피를 이루고 있는 잔 돌멩이와 먼지 때문에 내부를 정확히 볼 수가 없었다.

눈에 보이는 건 희미하게 돌아가는 붉은 빛뿐이었다.

마치 불이 돌아가는 것 같았다. 세상에서 아무리 단단한 물체라도 태워 버릴 수 있을 것 같은 느낌이 드는 붉은 빛이었다.

쩌걱!

옆구리를 보호하고 있던 호신강기에 틈이 생겼다. 소용돌이는 자연이 일으킨 것과는 비교할 수 없을 정도로 강력한 위력을 품고 있었다.

그래서 일류고수의 검도 우습게 퉁겨낼 정도의 호신강기를 상하게 만들었다.

퍽! 하는 소리와 함께 옆구리에 묵직한 고통이 찾아왔다.

이를 악문 천무백은 한줌 진기까지 모두 모아서 호신강기를 끌어올렸다.

소용돌이 속에서 버티는 것은 장력을 발출하는 것보다 몇십 배의 공력을 요구했다.

단전의 공력이 뚝뚝 떨어지는 게 몸으로 느껴졌다.

공력이 줄어드는 것만큼 붉은빛은 시나브로 가까워졌다.

저 안에 도패군이 있었다.

투둥! 퉁! 퉁!

붉은 빛에 가까워지자 거대한 돌덩이들이 날아다녔다. 그것들은 천무백의 머리에 맞고 퉁겨지거나 가루로 부서졌다.

아직은 괜찮다. 하지만 그의 몸이 아무리 금강석처럼 단단하다 할지라도 계속 부딪친다면 충격을 받게 될 것이다.

옷은 이미 가루로 변해 완전히 나체가 되었다.

붉은빛은 벌거벗은 천무백의 일 장 앞에 다다랐다. 단지 외피가 이 정도의 충격을 전해주는데 저 붉은 소용돌이 안에는 어느 정도의 힘이 숨어 있을지 예측할 수 없었다.

천무백은 단지 자신의 두 팔을 믿을 뿐이다.

천하제일병기인 파천마의 팔과 붉은 소용돌이는 차츰차츰 서로를 향해 가까워지고 있었다.

미증유의 두 힘이 부딪히려는 찰나 천무백은 주먹을 더 꽉 움켜쥐었다.

꽈르르릉!

두 기운이 충돌했다. 천무백의 몸은 소용돌이가 회전하는 방향으로 한 뼘 정도 돌아갔다.

천무백이 처음 느껴보는 충격이었고 팔이 떨어져 나간 게 아닐까 생각될 정도의 고통도 찾아왔다.

하지만 천무백은 온 힘을 다해 버텼다.

소용돌이의 붉은 기운이 팔꿈치를 지나 어깨까지 닿았다.

그 기운이 닿을 때마다 육체는 새로운 고통을 호소했다.

황세은일 때를 제외하고 싸우면서 고통을 느껴본 지가 언제인지 기억도 나지 않았다.

이제 시야는 온통 붉은빛으로 채워졌다.

아직 도패군의 모습은 보이지 않았다.

붉은빛이 천무백을 완전히 삼켰다.

쩌저적!

호신강기가 갈라지는 소리가 울렸다. 한 겹의 방어막이 벗겨지면 이제 맨몸으로 이 붉은 기운을 받아야 한다.

괜찮다. 그는 파천마다. 세상의 그 어떤 무기도 그를 상하게 할 수는 없다.

천무백은 그렇게 믿었다. 그 믿음이 있어야만 지금의 이 고통과 힘을 이겨낼 수 있었다.

붉은빛과 만난 지 얼마나 되었을까? 아주 긴 것 같기도 하고 찰나의 시간처럼 느껴지기도 했다.

그리고 드디어 도패군이 시야에 들어왔다.

도패군은 여전히 맹렬히 회전하고 있었으나 그 모습을 똑똑히 볼 수 있었다.

머리는 산발을 했고 안색은 창백했다. 입가에서는 한 줄기 피까지 흐르고 있었다.

충격을 받은 것은 천무백만이 아니었다.

도패군은 돌고 있었지만 또한 천무백을 똑바로 보고 있었다.

그 눈에는 믿을 수 없다는 빛이 가득 드리웠다.

─어떻게 이 안에서 살아남을 수 있는 거지? 어떻게?

그 눈은 그렇게 말하는 듯했다.

도패군이 점점 가까워졌다. 둘 사이의 거리가 좁혀지면 좁혀질수록 붉은 소용돌이의 힘은 약해지고 있었다.

그렇게 두 사람의 거리가 충분히 가까워졌을 대 천무백은 적이창을 향해 팔을 뻗었다.

창만 손에 넣으면 필승을 자신할 수 있었다.

그런데 천무백이 예상하지 못했던 일이 일어났다. 도패군의 머리 위에서 회전하던 창이 갑자기 아래로 뚝 떨어졌다.

빈 허공만 움켜진 손 아래로 내려온 적이창에서 붉은 기운이 쏘아졌다.

검탄이다.

워낙 갑작스러웠고 너무 가까운 거리라 피할 생각도 하지 못했다.

퍽!

이처럼 가까운 거리에서 맞은 검탄은 아므리 단단한 호신강기라도 파괴할 수 있었다.

만약 도패군의 상태가 정상이었다면 배에 구멍이 뚫렸을 수도 있다.

“크윽!”

천무백은 낮은 신음과 함께 주춤주춤 물러섰다. 도패군은 잔뜩 웅크린 천무백을 향해 적이창을 찔렀다.

왼쪽 가슴을 노린 적이창은 그러나 천무백의 손에 잡혀 버렸다.

천무백은 또 검탄이 발출될 수도 있기에 창끝을 옆구리 바깥으로 밀어냈다.

쿠궁! 쿵! 쿵!

소용돌이의 힘이 말려 함께 회전을 하던 돌덩이들이 그들 주위로 어지럽게 떨어졌다.

“끝났다고 생각하나?”

도패군의 물음에 천무백이 희미한 웃음을 머금었다.

검탄에 맞기는 했으나 치명적인 상처는 아니었다. 반면 도패군의 무기는 천무백 손에 잡혀 버렸다. 그러니 천무백에게 유리한 상황이 분명했다.

“넌 졌어.”

말끝으로 배에 화끈한 통증이 느껴졌다. 검탄을 맞았던 바로 그 자리다.

고개를 내려뜨린 천무백은 배를 뚫고 들어간 적이창을 볼 수 있었다.

적이창의 한쪽은 잡았지만 그것은 원래 두 개였다. 그리고

검탄으로 약해진 살갗을 파고들기에 충분할 정도로 날카로웠
다.

"네가 졌지. 모든 것에서. 봐라."

도패군의 시선을 따라 천무백은 고개를 돌렸다. 저 멀리 세 사람이 보였다.

공야목과 그 앞의 두 사람.

'저들이 왜 여기 있는 거지?

왕서연과 황선우는 여기 있어서는 안 되는 사람들이다.

"공야목이 네 아들을 데리고 뭘 한다고 하더군. 꽤 괜찮은 실험체가 될 거라는데. 여자는 뭐, 나도 잘 도르겠군. 아마 널 만나기 전의 그 직업으로 돌아갈지도."

쿵! 쿵!

천무백의 관자놀이가 울렸다. 아마 분노 때문일 것이다.

천무백의 주먹이 서서히 위로 올라가 도패군의 눈높이에 맞춰졌다.

두 사람의 거리는 적이창만큼 떨어져서 주먹이 닿기에는 너무 멀었다.

"장력을 날리려고? 바람이 손을 떠나기도 전에 몸이 두 쪽 나서 죽을 것이다."

도패군의 입가에 그려졌던 웃음이 갑자기 사라졌다. 그의 시선은 천무백이 아닌 왕서연 모자에게 향해 있었다.

“공야목! 피해라!”

깜짝 놀란 천무백도 고개를 돌렸다. 공야목의 뒤에 누군가 나타났다.

얼굴이 반 넘게 붕대로 감겨 있었지만 나타난 자가 조철민이라는 걸 한눈에 알아봤다.

공야목이 뒤를 봤을 때는 이미 늦어버렸다. 검이 허공을 가르고 공야목의 머리는 몸에서 분리되어 땅을 뒹굴었다.

“봤지? 결국 승자는 내가 될 수밖에 없다.”

천무백의 말에 도패군이 고함을 질렀다.

“헛소리! 널 찢어죽이고 저 계집들과 네 아들도 개밥으로 던져 버릴 것이다! 네 뱃속에 내 적이창이 박혀 있는 게 현실이다! 너만 죽이면 날 막을 자는 아무도 없다! 승자는 나야!”

“넌 승자가 아니야. 그냥 고자일 뿐이지.”

천무백의 손목이 위로 꺾이더니, 바깥으로 향하며 손바닥이 펴졌다.

퍽!

마치 마술을 부린 것처럼 도패군의 이마에서 피가 터졌다.

끼아악—!

뒤늦게 적명혈조가 특유의 울음을 토해냈다.

“이, 이건… 무슨…….”

주춤주춤 물러난 도패군은 이내 통나무처럼 뒤로 쓰러졌다.

도패군의 이마를 뚫고 지나간 적명혈조는 천무백의 손으
로 돌아왔다.

배에 박힌 적이창을 빼자 피가 쏟아졌다. 창날에 묻은 이물
질과 고통의 강도로 보아 내장이 제법 상한 것 같았다.

그래도 죽지는 않을 테니, 힘겹게 숨을 몰아쉬고 있는 도패
군보다는 나았다.

저승의 문턱에 발을 들여놓은 도패군의 몸 위에 천무백의
그림자가 드리웠다.

급격하게 생기를 잃어가는 도패군의 눈이 천무백을 봤다.

그리고 입가가 위로 향했다. 웃는 것 같았다.

"두 번째 삶이… 훨씬… 좋았다."

마지막 유언과 함께 도패군의 혼백도 흩어졌다.

십 년 만에 돌아온 파천마에 의해 삼백 년 만에 부활한 마
교의 교주는 그렇게 죽었다.

천무백은 시선을 돌려 언덕 위에 선 왕서연 모자와 조철민
을 봤다.

그들도 그를 보고 있었다. 조철민이 손을 흔들자 자신도 모
르게 손을 움찔했다.

그의 시선은 다른 곳으로 옮겨갔다.

패왕성과 마교 최후의 일전이 벌어졌던 곳. 거기에도 사람
들이 하나둘 모습을 드러내기 시작했다.

가장 먼저 어깨를 나란히 한 연자흠과 도백종이 보였다.

다행이다. 그 뒤로 세 명의 마인이 더 나타났다. 여기서 죽지 않았으니 저놈들은 장수할 운명인가 보다.

혜현 선자의 얼굴이 쑥 나타났다. 온몸에 묻은 피로 보아 그녀도 혈투를 벌인 모양이다.

반가움에 눈물이 왈칵 쏟아질 것 같았다.

그녀에 이어서 눈에 익은 정파의 인물들이 속속 모습을 드러냈다.

제갈문정, 오기석, 장소백, 혜문 노사…….

그리고 세 사람.

마수령의 의자를 밀고 있는 백가연과 화문진.

다들 살아 있었다.

천무백은 시리도록 푸른 하늘을 보며 중얼거렸다.

"이제 파천마로서 할 일은 다 했군."

*　　　*　　　*

그가 패왕성으로 돌아온 것은 삶을 정리하기 위해서였다.

새삼 이런 쓸데없는 짓을 하는 건, 사랑하는 사람들을 모두 두고 은거를 해야 한다는 아쉬움 때문일 것이다.

“두 번째의 삶이 훨씬 좋았다.”

도패군의 마지막 말은 천무백의 심정 그대로였다.

백이십 년을 산 천무백보다 십여 년의 황세은이 훨씬 행복했다.

천하제일악인이 받기에는 과분한 선물이었다.

방으로 돌아와 챙길 물건이 없나 살폈지만 나갈 때는 결국 빈손이었다.

무심코 방문을 연 천무백은 깜짝 놀라서 멈췄다.

그의 앞에 복면을 쓴 사람이 서 있었다. 그리고 그 복면의 이마에는 선명하게 월(月)이라는 글자가 새겨져 있었다.

칠인회의 일곱 명 회주 중에서 유일하게 정체가 밝혀지지 않았던 한 사람.

그가 지금 눈앞에 서 있었다.

천무백이 양손에 공력을 불어넣을 때 월회주가 정수리로 손을 가져갔다.

복면이 서서히 위로 끌어올려지며 턱이 드러났다. 그 턱만 보고도 상대가 누군지 알 수 있었다.

“연자흠!”

“본의 아니게 주군을 속여서 죄송합니다.”

“네가 월회주였단 말이냐?”

연자흠은 품에서 봉투를 꺼내 양손으로 공손하게 바쳤다.

"이건 뭐냐?"

"주군께서 주군에게 쓰신 서신입니다."

"내가 내게?"

"이십오 년 전에 제게 주신 겁니다. 물론 기억에 없으실 겁니다. 주군 스스로 기억을 지우셨으니 말입니다."

"내가 왜 그런 짓을 했단 말이냐?"

"무료함 때문이었습니다. 싸울 상대도, 재미있는 일도 없는 삶에 참을 수가 없었던 것이지요. 그래서 제게 명령을 내리셨습니다."

"어떤 명령 말이냐?"

잠시의 사이를 두고 연자흠의 대답이 나왔다.

"날 죽여라. 그것이 주군의 명령이었습니다."

"내가 날 죽이라고 했단 말이냐?"

"그런 사건이라도 있어야 무료함을 달랠 수 있을 터인데, 세상의 누가 감히 파천마를 상대로 싸움을 걸겠습니까? 그래서 제게 그런 명령을 내리고 그 사실을 알고 있으면 재미가 없다 하여 스스로 기억을 봉인하셨습니다."

"네가 월회주가 된 것은 날 죽이기 위함이더냐?"

"수하의 능력이 부족하여 주군을 죽일 수 있는 방법을 찾을 수가 없었습니다. 그러던 중 우연히 마교가 부활을 꿈꾼다는 사실을 알게 되었습니다. 마교 정도면 주군과 싸워볼 수 있지 않을까 하는 생각에 합류를 하게 된 것이지요."

"무산신녀의 저주도?"

연자흠이 가는 한숨을 내쉬었다.

"솔직히 그 저주가 통하리라고는 믿지 않았습니다. 그저 주군의 무료함을 달래기 위해 한 일인데, 죄송합니다."

천무백은 손에 든 봉투를 물끄러미 내려다보았다. 황세은으로 산 삶은 결국 자기 손으로 만든 결과였다.

"다행히 무산신녀와 동문수학을 한 술법사를 찾아냈습니다. 그자의 말에 의하면 주군에게 건 저주를 풀 수 있다고 합니다."

"내게 걸린 저주라면… 양심을 없앨 수 있간 말이냐?"

"예전의 주군으로 돌아갈 수 있습니다. 원하시기만 하면."

손에 힘이 들어가 서신이 와락 구겨졌다. 본래대로 돌아갈 수 있다. 예전의 그 파천마로. 양심에 괴로워하지 않고 마음 내키는 대로 살았던 그 파천마로.

"그 술법사에게 가자!"

종장(終章)

破天魔

破天魔

탁!

포(包)가 상(象)을 넘어오더니 차(車)를 가차없이 떼어버렸
다.

"어? 허, 형님! 한 수만 무릅시다."

"어허! 일수불퇴라고 시작하기 전에 분명히 말했잖아."

"세상에 무르지 못하는 장기가 어디 있어요? 동생이 이렇
게 사정하는데 그깟 장기 한 수 못 물러줘요?"

연자흠의 애원에도 마수령은 단호하게 고개를 저었다.

"죽엽청 한 병이 걸렸는데 동생 아니라 할애비가 와도 안

되지.”

그들의 설왕설래 사이로 황선우의 까르르 하는 웃음소리가 들렸다.

시선을 뜰로 돌리자 눈을 가린 황세은과 도망치는 황선우가 보였다.

백가연과 화문진이 손뼉을 치며 황세은을 혼란시켰다.

“여보! 여기에요! 여기! 앞으로 반각 안에 못 잡으면 자금성에 가는 일은 없던 게 되는 거예요!”

막 대청을 내려오던 왕서연이 그 모습을 보더니 웃으며 말했다.

“괜히 못 잡는 척하지 말고 어서 끝내고 자금성으로 가세요. 공주님 기다리시다가 목 빠지겠어요.”

“안 보이는데 어떻게 잡아! 어이쿠! 이 녀석 어디 간 거야?”

과장스럽게 넘어지는 황세은을 보며 마수령이 연자흠에게 물었다.

“확실히 파천마의 기억은 사라진 게 맞지?”

“본인이 간절히 원하는 대로 된다고 술법사가 장담을 했고, 지난 이 년을 봐도… 에휴—! 주군은 완전히 사라졌다고 봐야죠.”

“파천마가 사라져서 아쉬운가?”

황세은을 보는 연자흠의 입가에 웃음이 그려졌다.

"전 주군이 행복하면 그것으로 족합니다."

갑자기 뒤에서 목소리가 들렸다.

"그래서 감히 주군께 할아버지 대접을 받고 있는 것이냐?"

고개를 돌리자 여전히 냉기를 풀풀 풍기는 도백종이 보였다.

"왔냐? 이번 비무행은 재미있었고?"

도백종이 장기판 옆에 털썩 주저앉았다.

"빌어먹을! 대체 고수는 다 어디로 간 거냐? 한 수를 제대로 받아넘기는 놈이 없으니 원."

"이놈아. 너 정도 되면 앉아서 비무 신청을 받아야지. 체통머리 없이. 쯧쯧쯧……."

도백종은 연자흠의 혀 차는 소리를 귓등으로 흘리며 마수령에게 물었다.

"쌍광혈도. 당신은 어떻소? 주군께서 만들어주신 의족이 몸에 좀 익었소?"

"뛰어다녀도 될 정도지."

"그럼 비무 한판 합시다."

"뛰는 건 되어도 싸우는 건 안 돼."

"술에 미치고 무공에 미친 쌍광혈도 당신이 비무를 거부한단 말이오?"

"그 광증 사라진 지가 언젠데. 이젠 증손자 보는 게 무공보다 훨씬 즐겁다네.”
　마수령의 시선은 어느새 뜰에 고정되어 있었다.
　세 여인과 한 사내, 그리고 한 아이.
　따사로운 햇살 아래 드리운 풍경이 고즈넉했다.

　　　　　　　　　　　　　　　　　대미(大尾)

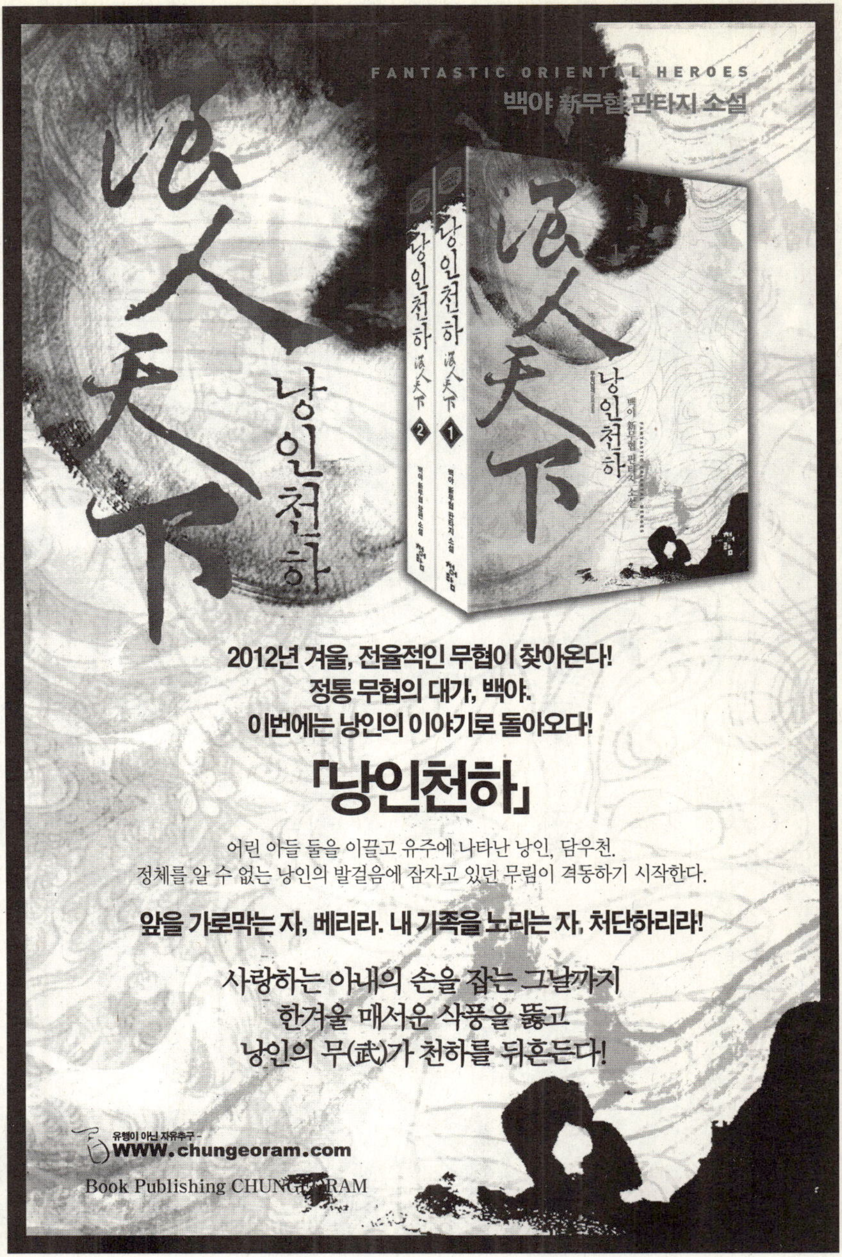

獨步行

독보행

임영기 新무협 판타지 소설

FANTASTIC ORIENTAL HEROES

그날, 심산유곡에서 수련하던
한 명의 소년이 강호로 내려왔다.

모든 이가 소년을 비웃고,
모든 무사가 그를 깔봤다.

소년은 흔들리지 않는다.

"이 천하를 독보(獨步)하리라!"

한번 시작한 걸음, 결코 멈추지 않으리라.

천하여! 무림이여!
대무영(大武英)이 간다!

ALCHEMIST

알케미스트

FUSION FANTASTIC STORY 시이람 장편 소설

2013년, 또 하나의 현대물이 깨어난다.
현대에서 펼쳐지는 연금마법진의 진수!

인간 최초의 9서클을 이룩한 마법사 아스란.
죽음의 위기에서 그가 남긴 유지가
차원을 넘어 지구에 떨어진다.

일리미트 비블리어시카(Illimite bibliotheca)!

그 무한한 힘과 지식을 얻게 된 김창준.
3년 전으로 돌아간 날을 기점으로,
삶이, 인생이, 그의 희망이 바뀐다!

현대에 강림한 진정한 마법사의 전설!
끝도 없이 세상을 향해 날개를 펼치다!